名家笔下的节日

姚宏越 编

气象出版社
China Meteorological Press

图书在版编目（CIP）数据

名家笔下的节日 / 姚宏越编. -- 北京：气象出版社，2021.1

ISBN 978-7-5029-7304-9

Ⅰ.①名… Ⅱ.①姚… Ⅲ.①散文集—中国—现代 Ⅳ.①I266

中国版本图书馆 CIP 数据核字（2020）第 202559 号

名家笔下的节日

MINGJIA BIXIA DE JIERI

姚宏越 编

出版发行：气象出版社

地　　址：北京市海淀区中关村南大街 46 号　　**邮政编码：**100081

电　　话：010-68407112（总编室）　010-68408042（发行部）

网　　址：http://www.qxcbs.com　　E-mail：qxcbs@cma.gov.cn

责任编辑：王　聪　　**终　　审：**张　斌

责任校对：张硕杰　　**责任技编：**赵相宁

封面设计：郝　强

印　　刷：三河市百盛印装有限公司

开　　本：889mm×1194mm　1/32　　**印　　张：**5

字　　数：110 千字

版　　次：2021 年 1 月第 1 版　　**印　　次：**2021 年 1 月第 1 次印刷

定　　价：32.80 元

目录

引言

把小米、饭豆、枣、栗、白糖、花生仁儿合并拢来糊糊涂涂煮成一锅，让它在锅中叹气似的沸腾着，单看它那叹气样儿，闻闻那种香味，就够咽三口以上的唾沫了，何况是，大碗大碗地装着，大匙大匙朝口里塞灌呢！

腊八粥

沈从文

初学喊爸爸的小孩子，会出门叫洋车子的大孩子，嘴巴上长了许多白胡胡的老孩子，提到腊八粥，谁不口上就立时生一种甜甜的腻腻的感觉呢。把小米、饭豆、枣、栗、白糖、花生仁儿合并拢来糊糊涂涂煮成一锅，让它在锅中叹气似的沸腾着，单看它那叹气样儿，闻闻那种香味，就够咽三口以上的唾沫了，何况是，大碗大碗地装着，大匙大匙朝口里塞灌呢！

住方家大院的八儿，今天喜得快要发疯了。一个人出出进进灶房，看到那一大锅正在叹气的粥，碗盏都已预备得整齐摆到灶边好久了，但他妈总是说时候还早。

他妈正拿起一把锅铲在粥里搅和。锅里的粥也像是益发浓稠了。

“妈，妈，要到什么时候才……”

“要到夜里！”其实他妈所说的夜里，并不是上灯以后。但八儿听了这种松劲的话，眼睛可急红了。锅子中，有声无力的叹气还在继续。

“那我饿了！”八儿要哭的样子。

“饿了，也得到太阳落下时才准吃。”

饿了，也得到太阳落下时才准吃。你们想，妈的命令，看羊还不够资格的八儿，难道还能设什么法来反抗吗？并且八儿所说的饿，也不可靠，不过因为一进灶房，就听到那锅子中叹气又像是正在呻唤的东西，因好奇而急于想尝尝这奇怪东西罢了。

“妈，妈，等一下我要吃三碗！我们只准大哥吃一碗。大哥同爹都吃不得甜的，我们俩光吃甜的也行……妈，妈，你吃三碗我也吃三碗，大哥同爹只准各吃一碗；一共八碗，是吗？”

“是呀！孥孥说得对。”

“要不然我吃三碗半，你就吃两碗半……”

“噗……”锅内又叹了声气。八儿回过头来了。

比灶矮了许多的八儿，回过头来的结果，亦不过看到一股淡淡烟气往上一冲而已！

锅中的一切，这在八儿，只能猜想……栗子会已稀烂到认不清楚了吧，赤饭豆会煮得浑身透肿成了患水鼓胀病那样子了吧，花生仁儿吃来总已是面东东的了！枣子必大了三四倍——要是真的干红枣也有那么大，那就妙极了！糖若放多了，它会起锅巴……“妈，妈，你抱我起来看看吧！”于是妈就如八儿所求的把他抱了起来。

“呃……”他惊异得喊起来了，锅中的一切已进了他的眼中。

这不能不说是奇怪呀，栗子跌进锅里，不久就得粉碎，那是他知道的。他曾见过跌进黄焖鸡锅子里的一群栗子，不久就融掉了。赤饭豆害水鼓胀，那也是往常熬粥时常见的事。

花生仁儿脱了它的红外套，这是不消说的事。锅巴，正是围了锅边成一圈。总之，一切都成了如他所猜的样子了，但他却没想到今日粥的颜色是深褐。

“怎么，黑的！”八儿还同时想起染缸里的脏水。

“枣子同饭豆搁多了。”妈的解释，顺手拣了一颗特别大得吓人的赤枣给了八儿。

虽说是枣子同饭豆搁得多了一点，但大家都承认味道是比普通的粥要好吃得多了。

夜饭桌边，靠到他妈斜立着的八儿，肚子已成了一面小鼓了。

（本文为节选）

引言

文字上和口头上的称呼，往往有些不同：或者谓之“废历”，轻之也；或者谓之“古历”，爱之也。但对于这“历”的待遇是一样的：结账，祀神，祭祖，放鞭炮，打马将，拜年，“恭喜发财”！

过 年

鲁 迅

今年上海的过旧年，比去年热闹。

文字上和口头上的称呼，往往有些不同：或者谓之“废历”，轻之也；或者谓之“古历”，爱之也。但对于这“历”的待遇是一样的：结账，祀神，祭祖，放鞭炮，打马将，拜年，“恭喜发财”！

虽过年而不停刊的报章上，也已经有了感慨；但是，感慨而已，到底胜不过事实。有些英雄的作家，也曾经叫人终年奋发，悲愤，纪念。但是，叫而已矣，到底也胜不过事实。中国的可哀的纪念太多了，这照例至少应该沉默；可喜的纪念也不算少，然而又怕有“反动分子乘机捣乱”，所以大家的高兴也不能发扬。

几经防遏，几经淘汰，什么佳节都被绞死，于是就觉得只有这仅存残喘的“废历”或“古历”还是自家的东西，更加可爱了。那就格外的庆贺——这是不能以“封建的余意”一句话，轻轻了事的。

叫人整年的悲愤，劳作的英雄们，一定是自己毫不知道悲愤，劳作的人物。在实际上，悲愤者和劳作者，是时时需要休息和高兴的。古埃及的奴隶们，有时也会冷然一笑。这是蔑视一切的笑。不懂得这笑的意义者，只有主子和自安于奴才生活，而劳作较少，并且失了悲愤的奴才。

我不过旧历年已经二十三年了，这回却连放了三夜的花炮，使隔壁的外国人也“嘘”了起来：这却和花炮都成了我一年中仅有的高兴。

引言

我最喜欢看那祖宗的行乐图，看了之后，不免一一想象起我那没见过面的祖宗来。又看了那画的灶神和井泉童子，也能够发生一种感情。我看画着的灶神，须也极长，面孔又笑盈盈的，似乎很和气，并且下面还画着四五个小孩子，所以我非常看重他，当他一位年长德高的老人看待。

我之新年趣事

徐卓呆

一

我是个过日子怕有变化的人，所以对于一年中这特异的新年，不能发生什么趣味。因此新年的趣事，也很少很少了。不过我这种无味的新年观，大约年纪愈大，这念头愈深。在近年来的新年，更是闭门不出，终日在家里执笔，反而比平日要认真得多咧。很不愿出门，一出门，自己这副不像新年的神气，既不愿被人瞧见，人家那种新年气象，我又怕看，于是只得躲在家里。家里哪里会生得出什么趣事呢？自然只有些没趣罢了。然而我想到我小的时候，倒还有一点趣事，不妨说些出来，其实虽称趣事，无非是些不道德的恶作剧而已。

我在十岁左右，本是一个很恶劣的顽童，在塾中闯祸，总有我的份儿，所以塾师也见了我摇头的了。一放年学，自然恶作剧的时机来咧。元旦日，天没亮的时候，家家门口烧什么元宝钱粮，总有这么一缸的，我就买了两响小爆竹数十个，藏在袖内，从小街上一路走去，经过一缸，暗暗抛一个在内，走不到两三步，就“砰啪”地响了，我又在第二家门口抛第二个咧。于是爆竹的声音，可以跟着我的身体，一路响过去，非常有趣。有时特别讨好，放半串小鞭炮在内，那更好了。

二

大除夕半夜里，我往往约了年龄差不多的恶童二三人，躲在黑暗的小街上，远远瞧见有人提着灯笼走来（大除夕路上行人，大半手提灯笼的），便由一个较大的人，假意上去借火吸烟，口一凑到灯笼上，突然将火吹灭。于是二三人一齐避开，此人只好由暗中摸索而去。我们以为很乐，有时还要趁此来一下“拍乌龟”的玩意儿。什么叫拍乌龟呢？这在十二月二十三日就流行了，糖元宝的摊上去讨了一块白粉（当时还没有粉笔咧），在自己手心里，画了一个小乌龟，见有穿黑布或青布衣服的乡下人走来，轻轻在他身上一拍，那白乌龟便印在他衣上了，非常清楚。这玩意儿，在吹灭了灯笼时，竟也可以来一下。这种恶作剧，大半是由那种私塾里养成的。我想，儿童顽皮，本来是天性，不道德的事，总不行吧，大约现在的孩子们，那顽皮的程度，总可以高些了。我此刻自己是四个孩子的父亲咧，想想自己幼时的往事，再眼看着这四个孩子，那么天真烂漫，我真很觉得难为情了。

三

元旦日起，我祖母天天要命我拜天、地、井、灶、家堂等处，我也依着做去。我最喜欢看那祖宗的行乐图，看了之后，不免一一想象起我那没见过面的祖宗来。又看了那画的灶神和井泉童子，也能够发生一种感情。我看画着的灶神，须也极长，面孔又笑盈盈的，似乎很和气，并且下面还画着四五个小孩子，所以我非常看重他，当他一位年长德高的老人看待。那井泉童子，却不对了，看他画着的是一个小孩子打扮，我便大大地瞧不起他，暗想我也是个孩子，你也是个孩子，大家是孩子，你有什么稀奇，要我对你拜，还要供着食物在你面前呢？我心里怀恨着，便在无人瞧见之时，往往对他扮一个鬼脸，刮刮他的老面皮，甚至口中喃喃地再要骂他几句。我这么对他，他自然仍旧如此，我见他幼小可欺，竟更不客气了。他面前供的福橘、荸荠、乌菱、年糕、元宝等物，我一样样拿来大嚼了。初二上半天，已经吃得干干净净咧，到初五日开井，连豆腐干也吃光，所剩的，是不能吃的生粉皮和油圆子了。然而灶神面前的东西，我到底敬重他老人家，直到正月十八夜里收下来，或者年糕会被老鼠咬坏，我是一样也不去动的。我独妒忌这井泉童子，觉得他总不配做我尊敬的人物。

引言

当此新年，“恭祝快乐！”诸君须快乐，才能锻炼自己，预备将来。无谓的愁思，是足损诸君的元气，为诸君之害的。

恭祝快乐

夏丏尊

新年在中年以上的人是易起感伤的，从来文人在新年所作的诗词如《元旦书怀》《新年杂感》之类，都不免带有“时不我与”“岁月如流”的愁情。小孩逢新年最快乐，巴不得新年快到，在小孩新年是成长的里程，他们的欢迎新年，实由于无意识的成长的欲望，并非只为了新年可以着新衣吃糖果。

在快到二十岁的中学生诸君，对于新年的感想是怎样？用折中的说法来讲，当然是愁情与快乐兼而有之的了。可乐的是不久中学校就要毕业，不久就可升级，不久就可把某学科修毕……可愁的是：年龄一年增大一年，自己的出路问题一年急迫一年，家庭对于自己负担能力一年不如一年……如果我的推想不错，诸君当这新年，除了几个有特别情形的以外，正在乐与愁交织的情绪之中了。国难正亟，内战又将难免，加以农村破产，百业凋零，全民族奄奄待毙。诸君在此环境之下，愁多于乐，是当然的事。不，诸君之中的大多数，也许只感到愁不感到乐，也未可知！

但愁思是无益于事而且可以害事的，快乐才是青年可欢迎的气象，至少须于愁思以外还有快乐。国家社会现象糟到如此，自有责任者在，无论任何巧辩的人，也绝不能诿过于未满二十岁的中学生诸君身上。诸君对于国家社会的糟象，该愤恨，该留意，该预筹挽救的方法，却万不可一味地愁。对于自己的将来，该预备，该奋斗，也万不可一味地愁。

世界日日在变，变好变坏，既不一其说，也不得而知。诸君是要在未来的世界生活的，不可不早事预备。未来的世界是个什么样子，生活上需要何种本领，原不敢预言，但有几件根本的资格，如壮健的体力，团体的合群力，明确的思考力，刻苦的忍耐力，敏捷的应对力，丰富的想象力……是无论任何职业任何世界都必要的。不论你去做工、行商或做官都用得着。不论一九三六年世界大战不大战，国内目前内战不内战，都用得着。

当此新年，“恭祝快乐！”诸君须快乐，才能锻炼自己，预备将来。无谓的愁思，是足损诸君的元气，为诸君之害的。

引言

一看到了婿乡的两字，或者大家都要联想到淳于髡的卖身投靠上去。我可没有坐吃老婆饭的福分，不过杭州两字实在用腻了，改作婿乡，庶几可以换一换新鲜；所以先要从杭州旧历年底老婆所做的种种事情说起。

婿乡年节

郁达夫

一看到了婿乡的两字，或者大家都要联想到淳于髡的卖身投靠上去。我可没有坐吃老婆饭的福分，不过杭州两字实在用腻了，改作婿乡，庶几可以换一换新鲜；所以先要从杭州旧历年底老婆所做的种种事情说起。

第一，是年底的做粽子与枣饼。我说："这些东西，做它做啥！"老婆说："横竖是没有钱过年了，要用索性用它一个精光，籴两斗糯米来玩玩，比买航空券总好些。"于是乎就有了粽子与枣饼。

第二，是年三十晚上的请客。我说："请什么客呢？到杭州来吃他们几顿，不是应该的吗？"老婆说："你以为他们都是你丈母娘——据风雅的先生们说，似乎应该称作泰水的——屋里的人吗？礼尚往来，吃人家的吃得那么多，不回请一次，倒好意思？"于是乎就请客。

酒是杭州的来得贱，菜只教自己做做，也不算贵。麻烦的，是客人来之前屋里厨下的那一种兵荒缭乱的样子。

年三十的午后，厨下头刀兵齐举，屋子里火辣烟熏，我一个人坐在客厅上吃闷酒。一位刚从欧洲回来的同乡，从旅舍里来看我，见了我的闷闷的神气，弄得他说话也不敢高声。小孩儿下学回来了，一进门就吵得厉害，我打了他们两个嘴巴。这位刚从文明国里回来的绅士，更看得难受了，临行时便悄悄留下了一封钞票，预备着救一救我当日的急。其实，经济的压迫，倒也并不能够使我发愁，不过近来酒性不好，文章不敢写了以后，喝一点酒，老爱骂人。骂老婆不敢骂，骂用人不忍骂，骂天地不必骂，所以微醉之后，总只以五岁三岁的两个儿子来出气。

天晚了，客人也到齐了，菜还没有做好，于是乎先来一次五百攒。输了不甘心，赢了不肯息，就再来一次再来一次地攒了下去。肚皮饿得精瘪，膀胱胀得蛮大，还要再来一次。结果弄得头鸡叫了，夜饭才兹吃完。有的说，“到灵隐天竺去烧头香去吧。”有的说，“上城隍山去看热闹去吧！”人数多了，意见自然来得杂。谁也不愿意赞成谁，九九归原，还是再来一次。

天白茫茫地亮起来了，门外头爆竹声也没有，锣鼓声也没有，百姓真如丧了考妣。屋里头，只剩了几盏黄黄的电灯，和一排油满了的倦脸。地上面是瓜子壳、橘子皮、香烟头和散铜板。

虽则大家都支撑不住了，但因为是元旦，所以连眨着眼睛，连打着呵欠，也还在硬着嘴说要上哪儿去，要上哪儿去。

客散了，太阳出来了，家里的人都去睡觉了；我因为天亮的时候的酒意未消，想骂人又没有了人骂，所以只轻脚轻手地偷出了大门，偷上了城隍山的极顶。一个人立在那里举目看看钱塘江的水和隔岸的山，以及穿得红红绿绿的许多默默无言的善男信女，大约是忽而想起了王小二过年的那出滑稽悲剧了吧，肚皮一捧，我竟哈哈，哈哈，哈哈地笑了出来，同时也打了几个大声的喷嚏。

回来的时候，到了城隍山脚下的元宝心，我听见走在我前面的一位乡下老太太，在轻轻地对一位同行的中年妇人说："今年真倒霉，大年初一，就在城隍山上遇见了一个疯子。"

引言

我的故乡是在安徽省太平县一个僻处万山之中的乡村，风俗与江南各省大同小异。自离大陆，忽忽十年，初则漂泊海外，继则执教台湾，由于年龄老大，且客中心绪欠佳，每逢年节，不过敷衍一下聊以应景而已，从前那股蓬勃的兴趣再也没有了。现特从记忆里将我乡过年情节搜索一点出来，就算回乡一次呢。

故乡的新年

苏雪林

中国是个农业社会，对于过年过节，特别起劲，这也无怪。我们“七日来复”的制度已全付遗忘，更谈不上什么“周末”，一年到头忙碌劳苦，逢着年节，当然要痛快地过一阵，借此休息筋骨并调剂精神。

我的故乡是在安徽省太平县一个僻处万山之中的乡村，风俗与江南各省大同小异。自离大陆，忽忽十年，初则漂泊海外，继则执教台湾，由于年龄老大，且客中心绪欠佳，每逢年节，不过敷衍一下聊以应景而已，从前那股蓬勃的兴趣再也没有了。现特从记忆里将我乡过年情节搜索一点出来，就算回乡一次呢。

我家在太平乡间也算是个乡绅之家，经济虽不富裕，勉强也可度日，因之一切场面均须维持一个乡绅体统。我们又是一个大家庭，平时气氛已不寂寞，到了过年时候当然更形热闹。大概一到腊月，即一年最后一个月，我们便步入了“过年”的阶段，全家上下为这件事忙碌起来。

家乡做衣裳都是先上城上镇选购了衣料，然后请裁缝来家缝制的。全家大小每人都要缝件新衣过年。大陆冬季气候，不比台湾或南洋，冬衣是棉袄、皮裘一类。皮毛可由旧物翻新，棉则非新不可。讲究点则用丝绵，既轻且暖，穿在身上十分舒适。这类材料，配个粗布面子，你想适合吗？当然非绸缎不行，于是一家为了做新衣服，先要大大支出一笔。

乡间家家养猪，并养鸡鸭。祖宗原是我们唯一宗教信仰的对象。到了冬至那一天，从猪栏里牵出一头又大又肥的猪，雇屠夫来杀。杀剥后架上木架，连同预先备下的十几色祭品，抬到祠堂祭祀祖宗——祖祭是由拈阄决定，并非每家每年都要当值。

祭祖毕，将猪抬回家分割。至亲之家要送新鲜猪肉一二斤不等，余者则腌成腊肉，或切碎成肉丁和五香灌制香肠。一头猪的肠不够，要预先到肉铺添购几副，才能做成许多串肠子供大家庭食用。腌鸡、腌鸭、腌各色鱼也于此时动手。猪头必须保持完整，头部只留毛一撮，以备将来应用时编成小辫，上插红纸花。同时腌下首尾留毛羽的大公鸡，长二尺以上的大鲤鱼各一，称为“三牲”，留作除夕“谢年”之用。

以后又翻黄历，在腊月里，挑选一个吉日，做年糕米粿等类。材料是糯粳米各半，水磨成粉，搓半干，揿入枣木制的模型中。那些模型虽比不上《红楼梦》里什么“莲叶羹”的银制模型精致，花色却颇繁多，有“福禄寿三星”，有“刘海戏金蟾”，有“黄金万两”“步步平安”，还有“财神送宝”“观音送子”等，无非是取个好兆头罢了。糕饼制成后，入大蒸笼蒸熟摊冷，用新泉浸于大缸，新年里随意取若干枚，或炒或煮，用以招待亲朋，一直要吃到元宵以后。

做妥年糕米粿，接着送黄豆到豆腐作坊换取豆腐。换来后，切块，煎以香油，渍以青盐，盛于瓦钵，供正月里佐膳之用。因为新年里有好多天买不到豆腐。

孩子们最欢喜的莫如“做糖”了。先预备了炒微焦的芝麻、爆米，用溶化的麦芽糖在热锅里将这些材料混合，起锅趁热搓成长条，拍得方整，利刀切片。纯粹的黑白芝麻糖，顶香、顶好吃；单是爆米的则为次等货。花生米、蚕豆、豌豆、葵子，逢到新年，消耗数量可观，所以也要大事预备。

送灶，各地皆在腊月二十四，我乡为了二十四接祖，故改在二十三。香烟纸马外，供品里必不可少的是麦芽糖和糯米圆子二色。因为灶君上天，将在玉皇大帝前报告我们一家这一年里所行各事。人们行事总是恶多善少，老头儿据实上陈，我们尚感吃不住，倘若他一时高兴，加些油盐酱醋，那岂不更糟。麦芽糖和糯米团最富黏性，黏住灶公牙齿，他上天奏事的时候，说话含糊不清，玉帝心烦，挥手令退，他老人家自己也内愧于心，及时住口了。愚弄鬼神一事，我们中国人可算聪明第一：宋代便有“醉司命”，用酒糟敷满神龛，使得灶公醉醺醺地上天无法搬弄是非。独怪灶公年年上当永不觉悟，这种颟顸老子，真只配一辈子坐在厨房里，火烈烟熏！

前面说过祖宗崇拜是我们家乡唯一宗教。祖宗不唯在全村第一宏丽的家祠里接受阖族祭祀，还要回到各个家庭，和子孙一起过年。腊月二十四日，乃祖宗“下驾”之日，各家先数日收拾正厅，洒扫至洁，从全家最高处的阁楼，将祖宗遗容请出，一幅幅挂起。祖宗服装，从明朝的纱帽玉带直到清代的翎顶朝珠，将来当然还要加上燕尾服、大礼帽，不过在我这一代还没有看见，想必将来祖宗喜神仅用照片，不必绘画了。那个正厅，上挂红纱宫灯，下铺红毯，供桌和座椅一律系上红呢帏幕，案上红烛高烧，朱盘高供，满眼只觉红光荡漾，喜气洋洋！

“接祖”的一桌供品，丰盛自不必说。礼毕，只留干果素肴，荤菜则由家人享受。

到了除夕，又须大祭祖宗一次。又向天摆出猪头等三牲，名曰“谢年”，并将灶公接回凡间。而后阖家老幼，团聚吃“年饭”，饭毕，长辈互相用喜庆话道贺，晚辈则向长辈磕头辞岁，大人则每人赏以红包，名曰“压岁钱”。以前每人不过青蚨一百，渐变为银洋一元。恐小孩无知，说出不吉利的话，预先用粗草纸将各孩子嘴巴一擦，并贴出一张字条，大书“童言无忌”，则可逢凶化吉。

吃年饭的时候，照例要在中堂置一大火盆炽满兽炭，火光熊熊，愈旺愈好，象征一年的好运。

有守岁者，或摸着小牌，或嗑着瓜子闲谈，开始精神颇旺，似乎可以熬个通宵，晨鸡初唱，便觉呵欠连连，不由沉入睡乡。不过元旦总该早起，打开大门，放一串鞭炮，以迎东来之喜气。

除夕前春联喜帖早已贴就，红纸条由正房、正厅直贴到猪栏、鸡栅，甚至扫帚上也贴，粪勺把儿上也贴。纸条上所写的无非是吉利话。

新正三日是我们中国人绝对休息的日子，读书人不开书卷，不拈笔墨，女人不引线穿针，嗑得满地瓜子壳，抛得满地纸屑，只有由它。第二日，实在看不过了，才略略扫向屋角，说这些是“财气”，保留屋中才是聚财之道。直到第三日，室中垃圾，始用簸箕之类扫除出去。

元旦一早，凡家中男子都衣冠整肃，到宗祠向祖宗贺年，女子则没有这项权利，这是旧时代“重男轻女”习惯所酿成的现象。距宗祠过远者，只在家里拜拜了事。

拜祖后，大家开始互相登门贺岁。到处是恭喜声，断续鞭炮声，孩子掷“落地金钱”的噼啪声，家庭里则纸牌声、麻将声，连续七日。到了“上七”，又要办供品祭祖，自己也享受一顿。

每逢新年，人们个个放松自己，尽量休息，我们的肠胃则恰得其反，不但不能罢工，还要负起两三倍劳动责任。大概自腊月二十四祖宗下驾日吃起，直吃到上七，天天肥鱼大肉，糖饼干果，一张嘴没有片刻之闲。顶苦的是到人家贺年一定要“端元宝”。所谓元宝便是茶叶鸡蛋。你到了人家当然要坐下款语片刻，主人端出盛满各色糖果的“传盒”，你拈起一粒糖莲子，或几颗瓜子尚不算费事，等他捧出内盛“元宝”两枚的一只盖碗，无论如何，非端不可，一家两只元宝，十家便是二十只，你便有布袋和尚的大肚皮，想也盛不下，只有向主人说“元宝存库”，明年再来“端”吧。但也有许多主人，不肯负保管责任，非要你当场“端”去不可，那才叫你发窘。我想中国人很多患胃扩张症，又多患消化不良，也许与过年过节之际，痴吃蛮胀有关。

过了上七必须忙元宵的灯会，青年们兴高采烈，扎出各色灯彩，又要预备舞狮子、玩龙灯，过了元宵，年事才算完结。大家收拾起一个多月以来松懈、散漫的生活，又来干各人正当生活了。

引言

年底这一天，是准备通夜不眠的。店里早已摆出风灯，插上岁烛。吃年夜饭时，把所有的碗筷都拿出来，预祝来年人丁兴旺。吃饭碗数，不可成单，必须成双。如果吃三碗，必须再盛一次，哪怕盛一点点也好，总之要凑成双数。

过　年

丰子恺

我幼时不知道阳历，只知道阴历。到了十二月十五日，过年的气氛开始浓重起来了。

从腊月二十日起，每天吃夜饭时光，街上叫“火烛小心”。一个人砰砰地敲着竹筒，口中高喊：“寒冬腊月！火烛小心！柴间灰堆！灶前灶后！前门闩闩！后门关关……”这声调有些凄惨。大家提高警惕。我家的贴邻是王囝囝豆腐店，豆腐店日夜烧砻糠，火烛更为可怕。然而大家都说不怕，因为明朝时光刘伯温曾在这一带地方造一条石门槛，保证这石门槛以内永无火灾。

二十三日晚上送灶。灶君菩萨每年上天约一星期，二十三夜上去，大年夜回来。这菩萨据说是天神派下来监视人家的，每家一个。大约就像政府委任官吏一般，不过人数（神数）更多。他们高踞在人家的灶山上，嗅取饭菜的香气。每逢初一、月半，必须点起香烛来拜他。二十三这一天，家家烧赤豆糯米饭，先盛一大碗供在灶君面前，然后全家来吃。吃过之后，黄昏时分，父亲穿了大礼服来灶前膜拜，跟着，我们大家跪拜。拜过之后，将灶君的神像从山上请下来，放进一顶灶轿里。这灶轿是白天从市上买来的，用红绿纸张糊成，两旁贴着一副对联上写“上天奏善事，下界保平安”。我们拿些冬青柏子，插在灶轿两旁，再拿一串纸做的金元宝挂在轿上；又拿一点甜麦锅饼来，粘在灶君菩萨嘴上。这样一来，他上去见了天神，粘嘴粘舌的，话说不清楚，免得把人家的恶事全盘说出。

二十三送灶之后，家中就忙着打年糕。这糯米年糕又大又韧，自己不会打，必须请一个男工来帮忙。两枕“当家年糕”，约有三尺长；此外许多较小的年糕，有二尺长的，有一尺长的；还有红糖年糕、白糖年糕。此外是元宝、百合、橘子等种种小摆设，这些都由母亲和姐姐们去做。我也洗了手去参加，但总做不好，结果是自己吃了。

二十七夜过年，是个盛典。白天忙着烧祭品猪头、全鸡、大鱼、大肉，都是装大盘子的。吃过夜饭之后，把两张八仙桌接起来，上面供设“六神牌”，前面围着大红桌围，摆着巨大的锡制的香炉蜡台。桌上供着许多祭品，两旁围着年糕。祭品盘上的红纸盖，都是我的姑母剪的，“福禄寿喜”“一品当朝”“平升三级”等字，都剪出来，巧妙地嵌在里头。我那时只七八岁，就喜爱这些东西，这说明我对美术有缘。

绝大多数人家二十七夜过年，所以这晚上商店都开门，直到后半夜送神后才关门。我们约伴出门散步，买花炮。花炮种类繁多，我们所买的，不是两响头的炮仗和噼噼啪啪的鞭炮，而是雪炮、流星、金转银盘、水老鼠、万花筒等好看的花炮，其中万花筒最好看，然而价贵不易多得，买回去在天井里放，大可增加过年的喜气。

夜半时分，父亲在旁边的半桌上饮酒，我们陪着他吃饭。直到后半夜，方才送神。我带着欢乐的疲倦躺到床上，钻进被窝里，蒙眬之中听见远近各处爆竹之声不绝；想见这时候石门湾的天空中，定有无数菩萨餍足了酒肉，腾云驾雾归天去了。

年底这一天，是准备通夜不眠的。店里早已摆出风灯，插上岁烛。吃年夜饭时，把所有的碗筷都拿出来，预祝来年人丁兴旺。吃饭碗数，不可成单，必须成双。如果吃三碗，必须再盛一次，哪怕盛一点点也好，总之要凑成双数。吃饭时母亲分送压岁钱，我得的记得四角，用红纸包好。我全部用以买花炮。

年初一上午忙着招待拜年客人，街上挤满了穿新衣服的农民，男女老幼，熙熙攘攘，吃烧卖上酒馆，买花纸（即年画），看戏法，到处拥挤，而最热闹的是赌摊。原来从初一到初四，这四天是不禁赌的。

初二开始，镇上的亲友来往拜年。我父亲戴着红缨帽子，穿着外套，带着跟班出门。同时也有穿礼服的到我家拜年。如果不值，留下一张红片子。父亲死后，母亲叫我也穿着礼服去拜年。我实在很不高兴。因为一个十一二岁的孩子穿大礼服上街，大家注目，有讥笑的，也有欢羡的，叫我非常难受。现在回想，母亲也是一片苦心。她不管科举已废，还希望我将来也中个举人，重振家声，所以把我如此打扮，聊以慰情。

正月初四，是新年最大的一个节日，因为这天晚上接财神。别的行事，如送灶、过年等，排场大小不定，有简单的，有丰盛的，都称家之有无。独有接财神，家家郑重其事，而且越是贫寒之家，排场越是体面。大约他们想：敬神丰盛，可以邀得神的恩宠，今后让他们发财。

初五以后，过年的事基本结束。但是拜年，吃年酒，酬酢往还，也很热闹。厨房里年菜很多，客人来了，搬出就是。但到了正月半，也差不多吃完了。所以有一句话："拜年拜到正月半，烂糠鸡屎炒青菜。"我的父亲不爱吃肉，喜欢吃素，我们都看他样。所以我们家里，大年夜就烧好一大缸萝卜丝油豆腐，油很重，滋味很好。每餐盛出一碗来，放在锅子里一热，便是最好的饭菜。我至今还是忘不了这种好滋味。但叫家里人照烧起来，总不及童年时的好吃，怪哉！

正月十五，在古代是一个元宵佳节，然而赛灯之事，久已废止，只有市上卖些兔子灯、蝴蝶灯等，聊以应名而已。二十日，染匠司务下来，各店照常开门做生意，学堂也开学。过年的笔记也就全部结束。

（本文为节选）

引言

新年应是一年中最快乐的期间，应说些快乐的话。但想来想去，也只是由时间划分而来的这一点，此外没有别的快乐可说，在这风声鹤唳的时候！

新年的快乐

丰子恺

从无始到无终，时间浩荡地移行着，本无所谓快慢。但在人的感觉上，时间划分了段落，似觉过得快些，同时感到爽快；混沌地移行，似觉过得慢些，同时感到沉闷。这好比音乐，许多音漫无分别地连续奏下去，冗长而令听者感觉厌倦；若分了乐章、乐段、乐句，划了小节，便有了变化，而令人感觉快适了。

自然的时间划分，是寒暑与昼夜，一寒一暑为一年，一昼一夜为一日。但由寒到暑，由暑到寒，微微地逐渐推移，浑无痕迹。人类嫌它冗长散漫，便加以人工的划分，把一年划分为四季、十二个月，以求变化。一个月有三十次昼夜，人类又嫌其冗长散漫，再加以更细的划分，以七天为一星期。这样一来，日子过起来爽快得多。假使没有星期的划分，一个月中同样的昼夜，反复三十次，岂不厌倦？所以家居的人时常感到沉闷，度学校生活的人便觉星期飞也似的过去。在地理书上看到一年中有数个月的长昼与长夜的两极地方的情形，谁也同情于他们的生活的沉闷。

但在昼夜一日一来复的温带上的生活中，一昼夜之间没有划分，仍嫌其冗长，便把它平分为十二时，或二十四小时。又把一小时分作六十分，一分分作六十秒。本来浑成一气的时间，现在就被切得粉碎，而部署为许多节段。这样一来，人的度日就有了变化而不觉其长。古昔生活悠闲的诗人春昼无事，静观默坐，便谓“日长如小年”。患失眠症的人觉得长夜漫漫。坐牢监的人度日如年。但生活繁忙的人只觉“光阴如箭”“日月如梭”。这虽是叹惜时间度送太快的话，但当其度送之时，翻着日历写信，看着手表吃饭，抱着闹钟睡觉，只觉时间的经过变化百出，应接不暇，因而发生兴味，不觉沉闷之苦。这好比听赏节奏复杂而拍子急速的音乐，因其变化丰富，听者就不嫌乐曲之长。

可知时间划分愈细，感觉上过去愈快，生活上兴味愈多。故“快”就是“乐”，合起来就是“快乐”，生活的快乐称为“快活”。人工时间划分，便是在感觉上求生活过去之快的一法。

新年，也是在混沌的寒暑推移中用人工划分出来的时间的段落。有了这划分，年的界限便释然，人的生活便觉爽快。有了这划分，人就可在元旦这一天的早上兴致勃然地叫道：“新年开始了！”“恭贺新禧！”“发财，发财！”好像从这一日起，天上换了一个新的太阳。

新年应是一年中最快乐的期间，应说些快乐的话。但想来想去，也只是由时间划分而来的这一点，此外没有别的快乐可说，在这风声鹤唳的时候！

引言

郭妈妈说话了；伊抱着我说，“明天过年了，多有趣呢！”粽子，包子，都让我吃。衣服，鞋子，帽子，都穿新的——要“斯文”些。舅舅家的阿龙、阿虎，娘娘家的毛头、三宝都来和我玩耍。伊说有许多地方耍把戏的，只要我们不闹，便带我们去。

新年的故事

朱自清

昨天家里来了些人到厨房里煮出些肉包子、糖馒头和三大块风糖糕来；他们倒是好人哩！娘和姊姊嫂嫂裹得好粽子；娘只许我吃一个，嫂嫂又给我一个，叫我别告诉娘；我又跟姊姊要，姊姊说我再吃不得了——好笑，伊吃得，我吃不得！——后来郭妈妈偷给我一个，拿在手里给我看了，说替我收着，饿了好吃。

肉包子，糖馒头，风糖糕，我都吃了些，又趁娘她们不见，每样拿了几个，将袍子兜了，想藏在床里去；不想间壁一只狗跑来，尽向我身上闻，我又怕又急，只得紧紧抱着袍角儿跑；狗也跟着，我便叫起来。娘在厨房里骂我“又作死了”，又叫姊姊。一会儿大姊姊来了，将狗打走；夺开我的兜儿一看，说，“你拿这些，还吃死了呢！”伊每样留下一个，别的都拿去了；伊收到自己床里去呢！晚间郭妈妈又和我要去一块风糖糕；我只吃了一个肉包子和糖馒头罢了。

今晚上家里桌子、椅子都披上红的、花的衫儿，好看呢！到处点着红的蜡烛；他们磕起头来，我跟着磕了一会儿；爸爸、娘又给他俩磕头，我也磕了。他们问我墙上挂着画的两个人儿是谁？我说“一个男人一个女人”。娘笑说，“这是祖爷爷和祖奶奶哩！”我想他们只有这样大的！——呀！桌子摆好了！我先爬上凳子跪得高高的，筷子紧紧捏在手里；他们也都坐拢来。李二拿了好些盘菜放在桌上，又端一碗东西放在盘子中间，热气腾腾地直冒；我赶紧拿着筷子先向了几向，才伸出去；菜还没有夹着，早见娘两只眼正看着我呢，伊鼻子眼里哼了一声，我只得讪讪地将筷子缩回来，放在嘴里咂着。姊姊望着我笑，用指头刮着脸羞我；我别转脸来，咕嘟着嘴不睬伊。后来娘他们都动筷子了，他们一筷一筷地夹了许多菜给我；我不管好歹，眼里只顾看着面前的一只碗，嘴里不住地嚼着。嚼到后来，忽然不要嚼了；眼里看着，心里爱着，只是菜不知怎么，都不好吃了。我只得让它们剩在碗里，独自一个攀着桌子爬下来了。

娘房里，哥哥嫂嫂房里，姊姊房里都点着一对通红的大蜡烛；郭妈妈也将我们房里的点了，叫我去看。我要爬到桌上去看，郭妈妈不许，我便跳起来嚷着。伊大声叫道，“太太，你看，宝宝要玩蜡烛哩！”娘在伊房里说，“好儿子，别闹，娘给你好东西吃！”伊果然拿着一盘茶果进来；又有一个红纸包儿，说是一块钱，给我“压岁”的，娘交给郭妈妈收着，说不许我瞎用。我只顾抓茶果吃，又在小箱子里拿出些我的泥宝宝来：这一个是小娘娘八月节买给我的，这一个是施伟仁送我的，这些是爸爸在上海买来的。我叫他们都站在桌上，每人面前，放些茶果，叫他们吃——呀！他们怎么不吃！我看见娘放好几碗菜在画的人儿面前，给他们吃；我的宝宝们为什么不吃呢？呵！只怕我没有磕头吧，赶快磕头吧！

郭妈妈说话了；伊抱着我说，“明天过年了，多有趣呢！”粽子，包子，都让我吃。衣服，鞋子，帽子，都穿新的——要“斯文”些。舅舅家的阿龙、阿虎，娘娘家的毛头、三宝都来和我玩耍。伊说有许多地方耍把戏的，只要我们不闹，便带我们去。我忙答应说，“好妈妈，宝宝是不闹的，你带了他去吧！”伊点点头，我便放心了。伊又说要买些花炮给我家来放，伊说去年我也放过；好有趣哩！伊一头说，一头拍着我，我两个眼皮儿渐渐地合拢了。

我果然同着阿龙、阿虎他们在附近一个大操场上；我抱在郭妈妈怀里，看着耍猴把戏的。那猴儿一上一下爬着杆儿，我只笑着用手不住地指着叫“咦！咦！”忽然旁边有一个人说，“他看你呢！”我仔细一看，猴儿果然在看我，便吓得要哭；那人忽然笑了一个可怕的笑，说，“看着我吧！”我又安了心。忽然一声锣响，我回头一看，我已在一个不识的人的怀里了！我哭着，叫着，挣着；耳边忽然郭妈妈说，“宝宝怎么了，妈妈在这里。不怕的！”我才晓得还在郭妈妈怀里；只不知怎么便回来了？

太阳在地板上了，郭妈妈起来。我也揉着眼睛；开眼一看，桌上我的宝宝们都睡着了——他们也要睡觉呢。青梅呢？我的小青梅呢？宝宝顶顶喜欢的青梅呢？怎么没了？我哭了。郭妈妈忙跑来问什么事，我哭着全告诉了伊。伊在桌上找了一阵；在地板上太阳里找着一片核子，说被“绿尾巴”吃了。我忙说，“唔！宝宝怕！”将头躲在伊怀里；伊说，“不怕，日里他不来的，你只要不哭好了！”我要起来，伊叫我等着，拿衣服给我穿；伊拿了一件花棉袄，棉裤，一件红而亮的袍子，一件有毛的背心，是黑的，还有双花鞋，一个有许多金宝宝的风帽；伊帮我穿了衣和鞋，手里拿着风帽，说洗了脸才许戴呢。我真喜欢那个帽，赶忙地央着郭妈妈拿水来给我洗了脸，拍了粉，又用筷子给点胭脂在我眉毛里和鼻子上，又给我戴了风帽；说今天会有人要我做小女婿呢。我欢天喜地跑到厨房里，赶着人叫“恭喜”——这是郭妈妈教我的。一会儿郭妈妈端了一碗白圆子和一个粽子给我吃了；叫我跟着伊到菩萨前，点起香烛磕头，又给爸爸娘他们磕头。郭妈妈说有事去，叫我好好玩，不要弄污了衣服，毛头、三宝就要来了。

好多时，毛头、三宝和小娘娘都来了。我和他们忙着办菜给我的泥宝宝吃；正拿着些点心果子，切呀剥的，郭妈妈走来，说带我们上街去。我们立刻丢下那些跟着伊走。街上门都关着；我们常买落花生的小店也关了。一处处有“斯奉斯奉昌……镗镗镗镗给”的声音。我问郭妈妈，伊说是打锣鼓呢。又看见一家门口一个人一只手拿着一挂红红白白的东西，一搭一搭的，那只手拿着一根“煤头”要烧；郭妈妈忙说，“放爆竹了。”叫我们站住，用手闭了耳朵，伊说“不要怕，有我呢”。我见那爆竹一个个地跳了开去，仿佛有些响，右手这一松，只听见“噼！啪！”我一只耳朵几乎震聋了，赶紧地将它闭好，将身子紧紧挨着郭妈妈，一动也不敢动。爆竹只怕不放了，郭妈妈叫我们放下手，我只是指着不肯放；郭妈妈气着说，“你看这孩子！……”伊将我的手硬拖下来了。走了不远，有一个摊儿，我们近前一看，花花绿绿的，好东西多着呢！我央着郭妈妈买。伊给我买了一副黑眼镜，一个鬼脸，一个胡须，一把木刀，又给毛头买了一个胡须，给三宝买了一个胡须。我戴了眼镜，叫郭妈妈给我安了胡须；又趁三宝看着我，将伊手里的胡须夺了就跑，三宝哭了，毛头走来追我。我一个不留意，将右脚踏在水潭里，心里着急，想娘又要骂了。毛头已将胡须拿给三宝；他们和郭妈妈走来。伊说我一顿，我只有哭了；伊又抱起我说，“好宝宝，别哭，郭妈妈回来给你换一双，包不叫娘晓得；只下次再不许这样了。”我答应，我们就回来了。

今晚是初五了。郭妈妈和我说，明天新衣服要脱下来，椅子桌子红的、花的衫儿也不许穿了，粽子，肉包子，糖馒头，风糖糕，只有明天一早好吃了；阿龙、阿虎他们都不来了；叫我安稳些，好等后天上学堂念书吧！他们真动手将桌子、椅子的衫儿脱下，墙上画的人儿也卷起了。我一毫不想玩耍，只睡在床上哭着。郭妈妈拿了一支快点完的红蜡烛，到床边问道，“你又怎么了？谁给宝宝气受；妈妈是不依的！”我说：“现在年不过了！”伊说：“痴孩子，为这个吗！我是骗骗你的；明天我们正要到舅舅家过年去呢！起来吧，别哭了。”我听了伊的话，笑着坐起来，问道，“妈妈，是真的吗？别哄你宝宝哩。”

引言

特别值得提到的是现在的儿童只快活地过年，而不受那迷信的熏染，他们只有快乐，而没有恐惧——怕神怕鬼。也许，现在过年没有以前那么热闹了，可是多么清醒健康呢。以前，人们过年是托神鬼的庇佑，现在是大家劳动终岁，大家也应当快乐地过年。

北京的春节

老　舍

按照北京的老规矩，过农历的新年（春节），差不多在腊月的初旬就开头了。“腊七腊八，冻死寒鸦”，这是一年里最冷的时候。可是，到了严冬，不久便是春天，所以人们并不因为寒冷而减少过年与迎春的热情。在腊八那天，人家里，寺观里，都熬腊八粥。这种特制的粥是祭祖祭神的，可是细一想，它倒是农业社会的一种自傲的表现——这种粥是用所有的各种的米，各种的豆，与各种的干果（杏仁、核桃仁、瓜子、荔枝肉、莲子、花生米、葡萄干、菱角米……）熬成的。这不是粥，而是小型的农业展览会。

腊八这天还要泡腊八蒜。把蒜瓣在这天放到高醋里，封起来，为过年吃饺子用的。到年底，蒜泡得色如翡翠，而醋也有了些辣味，色味双美，使人要多吃几个饺子。在北京，过年时，家家吃饺子。

从腊八起，铺户中就加紧地上年货，街上加多了货摊子——卖春联的、卖年画的、卖蜜供的、卖水仙花的等都是只在这一季节才会出现的。这些赶年的摊子都教儿童们的心跳得特别快一些。在胡同里，吆喝的声音也比平时更多更复杂起来，其中也有仅在腊月才出现的，像卖宪书的、松枝的、薏仁米的、年糕的等。

在有皇帝的时候，学童们到腊月十九日就不上学了，放年假一月。儿童们准备过年，差不多第一件事是买杂拌儿。这是用各种干果（花生、胶枣、榛子、栗子等）与蜜饯掺和成的，普通的带皮，高级的没有皮——例如：普通的用带皮的榛子，高级的用榛瓤儿。儿童们喜吃这些零七八碎儿，即使没有饺子吃，也必须买杂拌儿。他们的第二件大事是买爆竹，特别是男孩子们。恐怕第三件事才是买玩意儿——风筝、空竹、口琴等——和年画儿。

儿童们忙乱，大人们也紧张。他们须预备过年吃的使的喝的一切。他们也必须给儿童赶做新鞋新衣，好在新年时显出万象更新的气象。

二十三日过小年，差不多就是过新年的“彩排”。在旧社会里，这天晚上家家祭灶王，从一擦黑儿鞭炮就响起来，随着炮声把灶王的纸像焚化，美其名叫送灶王上天。在前几天，街上就有多多少少卖麦芽糖与江米糖的，糖形或为长方块或为大小瓜形。按旧日的说法：用糖粘住灶王的嘴，他到了天上就不会向玉皇报告家庭中的坏事了。现在，还有卖糖的，但是只由大家享用，并不再粘灶王的嘴了。

过了二十三，大家就更忙起来，新年眨眼就到了啊。在除夕以前，家家必须把春联贴好，必须大扫除一次，名曰扫房。必须把肉、鸡、鱼、青菜、年糕什么的都预备充足，至少足够吃用一个星期的——按老习惯，铺户多数关五天门，到正月初六才开张。假若不预备下几天的吃食，临时不容易补充。还有，旧社会里的老妈妈论，讲究在除夕把一切该切出来的东西都切出来，省得在正月初一到初五再动刀，动刀剪是不吉利的。这含有迷信的意思，不过它也表现了我们确是爱和平的人，在一岁之首连切菜刀都不愿动一动。

除夕真热闹。家家赶做年菜，到处是酒肉的香味。老少男女都穿起新衣，门外贴好红红的对联，屋里贴好各色的年画，哪一家都灯火通宵，不许间断，炮声日夜不绝。在外边做事的人，除非万不得已，必定赶回家来，吃团圆饭，祭祖。这一夜，除了很小的孩子，没有什么人睡觉，而都要守岁。

元旦的光景与除夕截然不同：除夕，街上挤满了人；元旦，铺户都上着板子，门前堆着昨夜燃放的爆竹纸皮，全城都在休息。

男人们在午前就出动，到亲戚家、朋友家去拜年。女人们在家中接待客人。同时，城内城外有许多寺院开放，任人游览，小贩们在庙外摆摊，卖茶、食品和各种玩具。北城外的大钟寺、西城外的白云观、南城的火神庙（厂甸）是最有名的。可是，开庙最初的两三天，并不十分热闹，因为人们还正忙着彼此贺年，无暇及此。到了初五六，庙会开始风光起来，小孩们特别热心去逛，为的是到城外看看野景，可以骑毛驴，还能买到那些新年特有的玩具。白云观外的广场上有赛轿车、赛马的；在老年间，据说还有赛骆驼的。这些比赛并不争取谁第一谁第二，而是在观众面前表演骡马与骑者的美好姿态与技能。

多数的铺户在初六开张，又放鞭炮，从天亮到清早，全城的炮声不绝。虽然开了张，可是除了卖吃食与其他重要日用品的铺子，大家并不很忙，铺中的伙计们还可以轮流着去逛庙、逛天桥和听戏。

元宵（汤圆）上市，新年的高潮到了——元宵节（从正月十三到十七）。除夕是热闹的，可是没有月光；元宵节呢，恰好是明月当空。元旦是体面的，家家门前贴着鲜红的春联，人们穿着新衣裳，可是它还不够美。元宵节，处处悬灯结彩，整条的大街像是办喜事，火炽而美丽。有名的老铺都要挂出几百盏灯来，有的一律是玻璃的，有的清一色是牛角的，有的都是纱灯；有的各形各色，有的通通彩绘全部《红楼梦》或《水浒传》故事。这在当年，也就是一种广告；灯一悬起，任何人都可以进到铺中参观；晚间灯中都点上烛，观者就更多。这广告可不庸俗。干果店在灯节还要做一批杂拌儿生意，所以每每独出心裁地，制成各样的冰灯，或用麦苗做成一两条碧绿的长龙，把顾客招来。

除了悬灯，广场上还放花合。在城隍庙里并且燃起火判，火舌由判官的泥像的口、耳、鼻、眼中伸吐出来。公园里放起天灯，像巨星似的飞到天空。

男男女女都出来踏月、看灯、看焰火；街上的人拥挤不动。在旧社会里，女人们轻易不出门，她们可以在灯节里得到些自由。

小孩子们买各种花炮燃放，即使不跑到街上去淘气，在家中照样能有声有光地玩耍。家中也有灯：走马灯——原始的电影——宫灯、各形各色的纸灯，还有纱灯，里面有小铃，到时候就叮叮地响。大家还必须吃汤圆呀。这的确是美好快乐的日子。

一眨眼，到了残灯末庙，学生该去上学，大人又去照常做事，新年在正月十九结束了。腊月和正月，在农村社会里正是大家最闲在的时候，而猪牛羊等也正长成，所以大家要杀猪宰羊，酬劳一年的辛苦。过了灯节，天气转暖，大家就又去忙着干活了。北京虽是城市，可是它也跟着农村社会一齐过年，而且过得分外热闹。

在旧社会里，过年是与迷信分不开的。腊八粥，关东糖，除夕的饺子，都须先去供佛，而后人们再享用。除夕要接神；大年初二要祭财神，吃元宝汤（馄饨），而且有的人要到财神庙去借纸元宝，抢烧头股香。正月初八要给老人们顺星、祈寿。因此那时候最大的一笔浪费是买香蜡纸马的钱。现在，大家都不迷信了，也就省下这笔开销，用到有用的地方去。特别值得提到的是现在的儿童只快活地过年，而不受那迷信的熏染，他们只有快乐，而没有恐惧——怕神怕鬼。也许，现在过年没有以前那么热闹了，可是多么清醒健康呢。以前，人们过年是托神鬼的庇佑，现在是大家劳动终岁，大家也应当快乐地过年。

引言

快活吧，这是地上的天堂，雨顺风调，普天同庆，民安国泰，百福并臻，快活吧，管他肚子痛不痛！

特大的新年

老 舍

一到新年，家家刊物必要特大起来。除夕的团圆饭不是以把肚皮撑至瓮形为原则吗？刊物特大，那么，也是理之当然。可是，来了个问题：比如您的肚皮在除夕忽然特大，元旦清晨必须到庄前庄后游散一番，以便蹓饭，而免停食着凉。您还顾得读特大的刊物？元旦因散步的结果，肚皮有紧缩之势，可是初二祭财神，您还能讲君子食无求饱？绝对不能。为人情，为家庭，为社会国家，您还非再足吃一顿不可。于是肚皮再胀，或且较前为甚。吃饱了发困，连打牌也许牺牲了，还能读特大的刊物？又曰不能。紧接着就是拜年，逛庙，接姑奶奶，看花灯，吃汤圆，按照旧规矩说，非到开印大吉那天不能得闭。现今虽不封印开印，可是也不能把“大吉”推出斩首。今虽庆祝新年，但把旧俗拉扯过来，决无恶意。那么，特大的刊物在什么时候去读？设若刊物特大是为艺术而艺术，不管有人读与否，反正得心到神知，以便与瓮形肚皮比比曲线美，那就有点大而无当。谁能买个头号的留声机，放在屋里，永远不动，专为威震客厅？

总得想个办法才是。

办法并不难想，把新年也特大起来就是了。自天子以至庶人全歇上三个月，一个半月过年，一个半月读特大的刊物。于是肚与脑得平均发展，既不至得大肚子痞积，又不能患脑病，何乐而不为？怎见得？有诗为证：肚子撑圆是繁荣的象征，扩大了新年便是丰富了生命。

吃、喝、玩、乐，还看看刊物的插图。

是天下太平，是文化提高的铁证。

人岂是为面包而生，

大酒大肉方是英雄的本性。

快活吧，有了特大的新年，请将脑子像肚子那样活动。

过了俩月，你会肥美如猪，自备的火腿往嘴里送。

快活吧，这是地上的天堂，雨顺风调，普天同庆，民安国泰，百福并臻，快活吧，管他肚子痛不痛！

引言

新年最热闹，也最没劲，我对它老是冷淡的。自从一记事儿起，家中就似乎很穷。爆竹总是听别人放，我们自己是寂静无哗。记得最真的是家中一张《王羲之换鹅》图。每逢除夕，母亲必把它从个神秘的地方找出来，挂在堂屋里。姑母就给说那个故事；到如今还不十分明白这故事到底有什么意思，只觉得“王羲之”三个字倒很响亮好听。后来入学，读了《兰亭序》，我告诉先生，王羲之是在我的家里。

抬头见喜

老　舍

对于时节，我向来不特别地注意。拿清明说吧，上坟烧纸不必非我去不可，又搭着不常住在家乡，所以每逢看见柳枝发青便晓得快到了清明，或者是已经过去。对重阳也是这样，生平没在九月九登过高，于是重阳和清明一样地没有多大作用。

端阳，中秋，新年，三个大节可不能这么马虎过去。即使我故意躲着它们，账条是不会忘记了我的。也奇怪，一个无名之辈，到了三节会有许多人惦记着，不但来信，送账条，而且要找上门来！

设若故意躲着借款，着急，设计自杀等，而专讲三节的热闹有趣那一面儿，我似乎是最喜爱中秋。“似乎”，因为我实在不敢说准了。幼年时，中秋是个很可喜的节，要不然我怎么还记得清清楚楚那些“兔儿爷”的样子呢？有“兔儿爷”玩，这个节必是过得十二分有劲。可是从另一方面说，至少有三次喝醉是在中秋；酒入愁肠呀！所以说“似乎”最喜爱中秋。

事真凑巧，这三次“非杨贵妃式”的醉酒我还都记得很清楚。那么，就说上一说呀。第一次是在北平，我正住在翊教寺一家公寓里。好友卢嵩庵从柳泉居运来一坛子“竹叶青”，又约来两位朋友——内中有一位是不会喝的——大家就抄起茶碗来。坛子虽大，架不住茶碗一个劲进攻；月亮还没上来，坛子已空。干什么去呢？打牌玩吧。各拿出铜圆百枚，约合大洋七角多，因这是古时候的事了。第一把牌将立起来，不晓得——至今还不晓得——我怎么上了床。牌必是没打成，因为我一睁眼已经红日东升了。

第二次是在天津，和朱荫棠在同福楼吃饭，各饮绿茵陈二两。吃完饭，到一家茶肆去品茗。我朝窗坐着，看见了一轮明月，我就吐了。这回决不是酒的作用，毛病是在月亮。

第三次是在伦敦。那里的秋月是什么样子，我说不上来——也许根本没有月亮其物。中国工人俱乐部里有多人凑热闹，我和沈刚伯也去喝酒。我们俩喝了两瓶葡萄酒。酒是用葡萄还是葡萄叶儿酿的，不得而知，反正价钱很便宜；我们俩自古至今总没做过财主。喝完，各自回寓所。

一上公共汽车，我的脚忽然长了眼睛，专找别人的脚尖去踩。这回可不是月亮的毛病。

对于中秋，大致如此——无论如何也不能说它坏。就此打住。

至若端阳，似乎可有可无。粽子，不爱吃。城隍爷现在也不出巡；即使再出巡，大概也没有跟随着走几里路的兴趣。樱桃真是好东西，可惜被黑白桑葚给带累坏了。

新年最热闹，也最没劲，我对它老是冷淡的。自从一记事儿起，家中就似乎很穷。爆竹总是听别人放，我们自己是寂静无哗。记得最真的是家中一张《王羲之换鹅》图。每逢除夕，母亲必把它从个神秘的地方找出来，挂在堂屋里。姑母就给说那个故事；到如今还不十分明白这故事到底有什么意思，只觉得“王羲之”三个字倒很响亮好听。后来入学，读了《兰亭序》，我告诉先生，王羲之是在我的家里。

长大了些，记得有一年的除夕，大概是光绪三十年（1904年）前的一二年，母亲在院中接神，雪已下了一尺多厚。高香烧起，雪片由漆黑的空中落下，落到火光的圈里，非常的白，紧接着飞到火苗的附近，舞出些金光，即行消灭；先下来的灭了，上面又紧跟着下来许多，像一把“太平花”倒放。我还记着这个。我也的确感觉到，那年的神仙一定是真由天上回到世间。

中学的时期是最忧郁的，四五个新年中只记得一个，最凄凉的一个。那是头一次改用阳历，旧历的除夕必须回学校去，不准请假。姑母刚死两个多月，她和我们同住了三十年的样子。她有时候很厉害，但大体上说，她很爱我。哥哥当差，不能回来。家中只剩母亲一人。我在四点多钟回到家中，母亲并没有把“王羲之”找出来。吃过晚饭，我不能不告诉母亲了——我还得回校。她愣了半天，没说什么。我慢慢地走出去，她跟着走到街门。摸着袋中的几个铜子，我不知道走了多少时候，才走到学校。路上必是很热闹，可是我并没看见，我似乎失了感觉。到了学校，学监先生正在学监室门口站着。他先问我：“回来了？”我行了个礼。他点了点头，笑着叫了我一声：“你还回去吧。”这一笑，永远印在我心中。假如我将来死后能入天堂，我必把这一笑带给上帝去看。

我好像没走就又到了家，母亲正对着一支红烛坐着呢。她的泪不轻易落，她又慈善又刚强。见我回来了，她脸上有了笑容，拿出一个细草纸包儿来：“给你买的杂拌儿，刚才一忙，也忘了给你。”母子好像有千言万语，只是没精神说，早早地就睡了。母亲也没精神。

中学毕业以后，新年，除了为还债着急，似乎已和我不发生关系。我在哪里，除夕便由我照管着哪里。别人都回家去过年，我老是早早关上门，在床上听着爆竹响。平日我也好吃个嘴儿，到了新年反倒想不起弄点什么吃，连酒也不喝。在爆竹稍静了些的时节，我老看见些过去的苦境。可是我既不落泪，也不狂歌，我只静静地躺着。躺着躺着，多咱烛光在壁上幻出一个“抬头见喜”，那就快睡去了。

引言

过年时，我最难忘的娱乐之一是放风筝，风和日丽的时候，独自在院子里挑起一根长竹竿，一手扶竿，一手持线桄子，看着风筝冉冉上升，御风而起，一霎时遇到罡风，稳稳地停在半天空，这时候虽然冻得涕泗横流，而我心滋乐。

过 年

梁实秋

我小时候并不特别喜欢过年，除夕要守岁，不过十二点不能睡觉，这对于一个习于早睡的孩子是一种煎熬。前庭后院挂满了灯笼，又是宫灯，又是纱灯，烛光辉煌，地上铺了芝麻秸儿，踩上去咯咯吱吱响，这一切当然有趣，可是寒风凛冽，吹得小脸儿通红，也就很不舒服。炕桌上呼卢喝雉，没有孩子的份。压岁钱不是白拿，要叩头如捣蒜。大厅上供着祖先的画像，长辈指点曰：“这是你的曾祖父，曾祖母，高祖父，高祖母……”虽然都是岸然道貌微露慈祥，我尚不能领略慎终追远的意义。“姑娘爱花小子要炮……”我却怕那大麻雷子、二踢脚子。别人放鞭炮，我躲在屋里捂着耳朵。每人分一包杂拌儿，哼，看那桃脯、蜜枣沾上的一层灰尘，怎好往嘴里送？年夜饭照例是特别丰盛的。大年初几不动刀，大家歇工，所以年菜事实上即是大锅菜。大锅的炖肉，加上粉丝是一味，加上蘑菇又是一味；大锅的炖鸡，加上冬笋是一味，加上番薯又是一味，都放在特大号的锅、罐子、盆子里，此后随取随吃，大概历十余日不得罄，事实上是天天打扫剩菜。满缸的馒头，满缸的腌白菜，满缸的咸疙瘩，不知道什么时候才可以见底。芥末堆儿、素面筋、十香菜比较受欢迎。除夕夜，一交子时，煮饽饽端上来了。我困得低枝倒挂，哪有胃口去吃？胡乱吃两个，倒头便睡，不知东方之既白。

初一特别起得早，梳小辫儿，换新衣裳，大棉袄加上一件新蓝布罩袍、黑马褂、灰鼠绒绿鼻脸儿的靴子。见人就得请安，口说："新禧。"日上三竿，骡子轿车已经套好，跟班的捧着拜匣，奉命到几家最亲近的人家拜年去也。如果运气好，人家"挡驾"，最好不过，递进一张帖子，掉头就走，否则一声"请"，便得登堂入室，至少要朝上磕三个头，才算礼成。这个差事我当过好几次，从心坎儿觉得窝囊。

1912 年前一两年，我的祖父母相继去世，家里由我父亲领导，在家庭生活方式上做维新运动，革除了许多旧习，包括过年的仪式在内。我不再奉派出去挨门磕头拜年。我从此不再是磕头虫儿。过年不再做年菜，而向致美斋定做八道大菜及若干小菜，分装四个圆笼，除日挑到家中，自己家里也购备一些新鲜菜蔬以为辅佐。一连若干天顿顿吃煮饽饽的怪事，也不再在我家出现。我父亲说："我愿在哪一天过年就在哪一天过年，何必跟着大家起哄？”逛厂甸，我们是一定要去的，不是为了喝豆汁儿、吃煮豌豆，或是那大糖葫芦，是为了要到海王村和火神庙去买旧书。白云观我们也去过一次，一路上吃尘土，庙里面人挤人，哪里有神仙可会，我再也不做第二次想。过年时，我最难忘的娱乐之一是放风筝，风和日丽的时候，独自在院子里挑起一根长竹竿，一手扶竿，一手持线桄子，看着风筝冉冉上升，御风而起，一霎时遇到罡风，稳稳地停在半天空，这时候虽然冻得涕泗横流，而我心滋乐。

引言

新年是一年复始，不准说丧气话，见面要道一声“新禧”。房梁上有“对我生财”的横披，柱子上有“一入新春万事如意”的纸条，天棚上有“紫气东来”的斗方，大门上有“国恩家庆人寿年丰”的对联。墙上本来不大干净的，还可以贴上几张年画，什么“招财进宝”“肥猪拱门”，都可以收补壁之效。

北平年景

梁实秋

祭灶过后，年关在迩。家家忙着把锡香炉、锡蜡签、锡果盘、锡茶托，从蛛网尘封的箱子里取出来，做一年一度的大擦洗。宫灯，纱灯，牛角灯，一齐出笼。年货也是要及早备办的，这包括厨房里用的干货，拜神祭祖用的苹果、干果，等等，屋里供养的牡丹水仙，孩子们吃的粗细杂拌儿。蜜供是早就在白云观订制好了的，到时候用纸糊的大筐篓一碗一碗地装着送上门来。家中大小，出出进进，如中风魔。主妇当然更有额外负担，要给大家制备新衣新鞋新袜，尽管是布鞋布袜布大衫，总要上下一新。

祭祖先是过年的高潮之一。祖先的影像悬挂在厅堂之上，都是七老八十的，有的撇嘴微笑，有的金刚怒目，在香烟缭绕之中，享用烝禋。这时节孝子贤孙叩头如捣蒜，其实亦不知所为何来。慎终追远的意思不能说没有，不过大家忙的是上供，拈香，点烛，磕头，紧接着是撤供，围着吃年夜饭，来不及慎终追远。

吃是过年的主要节目。年菜是标准化了的，家家一律。人口旺的人家要进全猪，连下水带猪头，分别处理下咽。一锅炖肉，加上蘑菇是一碗，加上粉丝又是一碗，加上山药又是一碗，大盆的芥末墩儿，鱼冻儿，肉皮辣酱，成缸的大腌白菜，芥菜疙瘩，——管够。初一不动刀，初五以前不开市，年菜非囤积不可，结果是年菜等于剩菜，吃倒了胃口而已。

“好吃不过饺子，舒服不过倒着”，这是乡下人说的话。北平人称饺子为“煮饽饽”。城里人也把煮饽饽当作好东西，除了除夕宵夜不可少的一顿之外，从初一至少到初三，顿顿煮饽饽，直把人吃得头昏脑涨。这种疲劳填充的方法颇有道理，可以使你长期地不敢再对煮饽饽妄动食指，直等到你淡忘之后明年再说。除夕宵夜的那一顿，还有考究，其中一只要放进一块银币，谁吃到那一只主交好运。家里有老祖母的，年年是她老人家幸运地一口咬到。谁都知道其中做了手脚，谁都心里有数。

孩子们须要循规蹈矩，否则便成了野孩子，唯有到了过年时节可以沐恩解禁，任意地做孩子状。除夕之夜，院里撒满了芝麻秸儿，孩子们践踏得咯吱咯吱响，是为“踩岁”。闹得精疲力竭，睡前给大人请安，是为“辞岁”。大人摸出点什么作为赏赉，是为“压岁”。

新年是一年复始，不准说丧气话，见面要道一声“新禧”。房梁上有“对我生财”的横披，柱子上有“一入新春万事如意”的纸条，天棚上有“紫气东来”的斗方，大门上有“国恩家庆人寿年丰”的对联。墙上本来不大干净的，还可以贴上几张年画，什么“招财进宝”“肥猪拱门”，都可以收补壁之效。自己心中想要获得的，写出来画出来贴在墙上，俯仰之间仿佛如意算盘业已实现了！

好好的人家没有赌博的。打麻将应该到八大胡同去，在那里有上好的骨牌，硬木的牌桌，还有佳丽环列。但是过年则几乎家家开赌，推牌九、状元红、呼幺喝六，老少咸宜。赌禁的开放可以延长到元宵，这是唯一的家庭娱乐。孩子们玩花炮是没有腻的。九隆斋的大花盒，七层的九层的，花样翻新，直把孩子看得瞪眼咋舌。冲天炮、二踢脚、太平花、飞天七响、炮打襄阳，还有我们自以为值得骄傲的可与火箭媲美的“旗火”，从除夕到天亮彻夜不绝。

街上除了油盐店门上留个小窟窿外，商店都上板，里面常是锣鼓齐鸣，狂擂乱敲，无板无眼，据说是伙计们在那里发泄积攒一年的怨气。大姑娘小媳妇搽脂抹粉的全出动了。三河县的老妈儿都在头上插一朵颤巍巍的红绒花。凡是有大姑娘小媳妇出动的地方就有更多的毛头小伙子乱钻乱挤。于是厂甸挤得水泄不通，海王村里除了几个露天茶座坐着几个直流鼻涕的小孩之外并没有什么可看，但是入门处能挤死人！火神庙里的古玩玉器摊，土地祠里的书摊画棚，看热闹的多，买东西的少。赶着天晴雪霁，满街泥泞，凉风一吹，又滴水成冰，人们在冰雪中打滚，甘之如饴。“喝豆汁儿，就咸菜儿，琉璃喇叭大沙雁儿”，对于大家还是有足够的诱惑。此外如财神庙、白云观、雍和宫，都是人挤人、人看人的局面，去一趟把鼻子耳朵冻得通红。

新年狂欢一直拖到十五。

（本文为节选）

引言

关于除夕的诗文倒有不少，可是那还没有过年。元旦或新年的诗文也常常碰到，可是他们已经过了年。

过　年

施蛰存

在炮火中过了九个年关，倒并不觉得怎样难过。不，甚至可以说是一点也没有过年的感觉。年三十晚上早早地睡上了床，年初一睡到日高三丈才爬起。临睡的时候也没有什么忧愁，也没有什么感伤。没有人来跟我要债，也没有人来借钱急着还债。爬起之后也一点没有觉得异样。偶然看见本地人有点像过新年的样子，也漠不关心，仿佛与我无分，那么平静，那么顺利，那么安逸。当时不以为可贵，现在却不胜其忆慕了。

现在，胜利还乡以后的第三个年关，却过得有点惊心骇目了。我不知道应该用哪一些字眼才能说明这一份情绪。在炮火中行了宪，在饥饿中民主。有人花一万块钱吃一碗阳春面，有人花几十亿争取一个“国大”或“立委”。在啼哭呼号与欢喜赞叹打成一片的交响乐中，我不敢对镜子看一看，因为我觉得连我的脸也一定很尴尬相了。

有时也偶然会爽然若失，觉得自己还不够达观，到底这些局面还可以与我不相干的。为花惜春，为蝉悲秋，总是感情用事，不值得那么牵挂。俗语云“天塌自有长人顶”，我辈矮小儿郎大可不必干着急。可是不行，尽管会得做如是想，也似乎摆脱不掉这干着急的情绪，甚至有时竟也会双脚乱跳起来。

一年，两年，三年，谁知道愈跳愈急，无法安静下来。难道要我把这一辈子断送在这干着急的情绪里了吗？我有点害怕。现在又得过一个年了。时光既不会永久地或暂时地停止，我又不预备切断我的生命来否定时光的前进，于是这个年关展开在我面前，那副狰狞的面目，使我望而畏缩了。

我不敢揣测这一关之外是些什么景象，我只晓得我已不能再跳下去了。然则不过这一关，岂不可以稍稍安定些？话果然有理，但我可哪能不过这一关。一切在年关自杀者其实都是蠢人，“抽刀断水水更流”，水既长流，抽刀亦遂徒劳。你难道真以为自己一死，年就不过了吗？你的双脚不必再跳，这并非表示关外已无使你不跳之景象也。

因此，我的最大问题，乃在于应该怎样挨过这一个年。照法国人的话讲起来，就是我应该有一个“哲学”。可是偏偏我从来没有读过哲学，现在急切之间，不知从何找起。我思古人，不免打开几卷残书，想看看古人的过年哲学如何。谁知因此却发现了一个向来没有人注意的事实。原来古人对于过年一事，也都缄默无言。关于除夕的诗文倒有不少，可是那还没有过年。元旦或新年的诗文也常常碰到，可是他们已经过了年。白石道人诗曰：

沙尾风回一棹寒，椒花今夕不登盘。
百年草草都寒夜，自琢春词剪烛看。

这一首自然是一切除夕诗的代表作，风韵可称清绝。但是他说“百年草草都寒夜”，却一笔判定了百年，不承认例外。这一点与我现在的心境却不同。我所想到的是：从前的确并不如此，今年却弄到如此。或者说，尽管从前如此，以后如此，今年却偏不如此。因此，白石老仙还能从容剪烛，自琢春词，我却无此安定的情怀。况且，当他写完十首诗后，不管他是吹熄了蜡烛，在船里睡觉过年，或是对着烛花守岁，那时此老真的如何感想，还是一个秘密。元微之诗曰：

一年今日始，一年前事空。
凄凉百年事，应与一年同。

这可说是一切元旦诗中最爽利的了。我把它检得来与白石道人诗配对，因为他们两公是同样的看法。元微之也毫不客气地一年判定了百年。不是吗？“凄凉百年事，应与一年同。”与“百年草草都寒夜”，岂非同一机杼？我们不能说白石道人偷用了元微之的诗句，只能说大家都代表了中国诗人在岁暮年初的观感。

但是这首诗也不是我现在所要寻找的，因为他到了正月初一，才作这首诗，他告诉我的是过了年之后的感慨，也并不是过年的情绪。

于是，在我的苛刻的条件之下，我只能找到一个宁波和尚的法语：

大树大皮裹，小树小皮缠。
庭前紫荆树，无皮也过年。

这是北宋时余姚法性寺行持和尚过年颂。的的确确是咏过年的，正是我所要来用以消遣我的过年情绪的药物。到底佛法比消法地下净还有灵验，它登时启发了我的禅机。我可以给它下种种注脚，不管是政治的、经济的、心理的或社会的，左讲右讲，无所不通。总而言之，“无皮也过年”宛如一声狮子吼，使我猛然警悟，放下一切。过年，过年，原来正该作如是观。一切恐怖忧虑，疑惑苦闷，立时消释，无有更无无了，这样一来总算解决了一个问题，比预支三月份薪金还要受用，欢喜赞叹之余，请为和尚下一转语：

荆树本无皮，岂为过年故？
年自由它过，莫把树认错。

禹域神州一切善男子善女人，于意云何？

引言

记得小时候，家乡东北的习俗，大年初一醒来，不吃早饭，就要喝一碗“红糖水”；立春那天，要在墙壁上用“红赤土”画上一张犁耙；家家门上都要贴“红春联”“红挂钱儿”，点上“红蜡烛”，戴上“大红花”……把整个人间都装点得红堂堂的。

双春双喜

端木蕻良

“立春阳气转，雨水沿河边……”这是我从小就熟悉的农业谚语。农民按照节气进行农业生产，就能不违农时，获取丰收。

今年，悬挂在我背后墙上的挂历，公元2月4日旁边，用红字印着“正月初一立春”。这个“一年之计在于春”的第一个节气，居然和壬申年同一天到来，这个好消息，从我背后的墙上，来到了我的书桌上，不由得使我高兴地提起笔来，要为这“双春临门”祝福。

欢迎你们！春节和立春结伴而来！

恰巧，我又看到摊开在我书桌上《吕氏春秋》的《开春论第一》，上面写道：

“开春始雷，则蛰虫动矣。时雨降，则草木育矣。饮食居处适，则九窍、百节、千脉皆通利矣。”

《孟春纪第一》又说：

“是月也，天气下降，地气上腾，天地和同，草木繁动。”

春天来了，多么动人的信息！而今年，立春和春节却同一天来到，又多么凑巧。这更昭示了“大地和同”，人寿年丰！祝贺大家怀揣着这份“双春双喜”过一个活泼欢快的“美猴年”！

记得小时候，家乡东北的习俗，大年初一醒来，不吃早饭，就要喝一碗“红糖水”；立春那天，要在墙壁上用“红赤土”画上一张犁耙；家家门上都要贴“红春联”“红挂钱儿”，点上“红蜡烛”，戴上“大红花”……把整个人间都装点得红堂堂的。

当前，人们生活好过了，物质生活和精神生活丰富多彩了，人们都喜气洋洋地来迎接羊年向猴年的交班，喜庆之余，写副春联来拜年：

锣鼓喧天，元旦立春联双喜。
金银满囤，五更交泰大有年。

壬申立春拜

引言

晚年见此照相，心里有很多感触，就像在冬季见到了春草春花一样。这并非草木可贵，而是时不再来。妻亡故已有十年，今观此照，还隐约可以看见她的针线，她在深夜小油灯下，为我缝制冬装的辛劳情景。这不能不使我回忆起入侵敌寇的残暴，以及我们这一代人所度过的艰难岁月。

新年悬旧照

孙　犁

我在年轻的时候，也是很爱照相的。中学读书时，同学同乡，每年送往迎来，总是要摄影留念。都是到照相馆去照，郑重其事，题字保存。

抗日战争时期，日本人一到村庄，对于学生，特别注意。凡是留有学生头，穿西式裤的人，见到就杀。于是保留了学生形象的相片，也就成了危险品。我参加了抗日，保存在家里的照片，我的妻，就都放进灶火膛里把它烧了。

我岳父家有一张我的照片，因为岳父去世，家里都是妇孺，没人知道外面的事，没有从墙上摘下来。叫日本鬼子看到，非要找相片上的人不可；家里找不到，在街上遇到一个和我容貌相仿的青年，不问青红皂白，打了个半死，经村里人左说右说，才算保住了一条性命。

这是抗战胜利以后，我刚刚到家，妻对我讲的一段使人惊心动魄的故事。她说：“你在外头，我们想你。自从出了这件事，我就不敢想了，反正在家里不能待，不管到哪里去飞吧！”

一九八一年编辑文集，苦于没有早期的照片，李湘洲同志提供了他在一九四六年给我照的一张。当时，我从延安回到冀中，在蠡县下乡体验生活，是在蠡县县委机关院里照的。我戴的毡帽系延安发给。棉袄则是到家以后，妻为我赶制的。当时经过八年战争，家中又无劳力，家用已经很是匮乏，这件棉袄，是她用我当小学教员时所穿的一件大夹袄改制而成。里面的衬衣，则是我路过张家口时，邓康同志从小市上给我买的。时值严冬，我穿上这件新做的棉衣，觉得很暖和，和家人也算是团聚一起了。

晚年见此照相，心里有很多感触，就像在冬季见到了春草春花一样。这并非草木可贵，而是时不再来。妻亡故已有十年，今观此照，还隐约可以看见她的针线，她在深夜小油灯下，为我缝制冬装的辛劳情景。这不能不使我回忆起入侵敌寇的残暴，以及我们这一代人所度过的艰难岁月。

引言

新的一年又来到了。不免回顾一下去年，尽做了哪些工作，有什么经验教训可以吸取。想了一想，也不过是写了一些短文。

新年杂忆

孙　犁

一

新的一年又来到了。不免回顾一下去年，尽做了哪些工作，有什么经验教训可以吸取。想了一想，也不过是写了一些短文。其中散文部分，多数是回忆自己的过去，这是不会得罪于人的。但又写了一些读书的感想。这类文章，如果是评论古人的，不管我怎样说，古人是不会起来同我辩论的；如果是评论友朋故旧的作品，即便我说了些错话，也总是会得到原谅的。可虑的是，最近一个时期，有时不注意，也涉及了一些当代作家的作品，这是最容易招来是非的。

老实说，凡是我文章里提到的作家，都是我平日敬重的；凡是我论及的作品，都是我看过以后，感到喜欢的。读后高兴，写几句札记，作为纪念。反之，即使作品如何煊赫，我是不能也不肯赞一词的。这一点，我谈到的那些作家，是会一目了然的。对于他们，我并自以为有些知己之感。

我写这些文章时，字斟句酌，反复推敲，是出于至诚，发自热心，是谈我个人读书的感想，是从主观直感出发，我不去参考别的评论家所定的调子。这样，在评论的语气上，或是在评论的分寸上，只是发表我的见解，其中丝毫不存什么成见。

二

真是心猿意马。回顾着过去的一年，忽然想起了五十年前的一件事。

我二十岁的时候，在一个镇上，当小学教师，兼教一年级的自然课。那种生涯，回想起来，老年人是没法承担的。一进教室，孩子们乱乱哄哄，那且不谈。正上着课，有的孩子要撒尿，一时解不开裤带，或撒完尿回来，自己结不上裤带，我都要下讲台去亲自动手。有一次，坐在前排的一个孩子，非常顽皮，怎么说也不行，我烦躁起来，要证实师道尊严，就用教鞭在他的头上敲了两下。这孩子哭叫着走出校门，全体同学知道后都为之变色。原来，我打的这个孩子，是学校的董事，本村一个大军阀的爱子，而且是爱妾所生。

我这才知道闯了祸。但在旧社会，这也不过卷铺盖走人而已，构不成什么别的罪过。

并没有发生什么事变。第二天，孩子还是来校上课了。因为，就是在旧社会，即使军阀的爱妾，家长的观念仍然是：请来老师和请来保姆，其目的是不一样的。

三

现在，有些评论家，可以说，对于作品是爱护备至了。凡是他们说过好的，别人就不能说一点点错，不然就是苛求啊，嫉妒啊，站出来仗义执言了。

其实，如果仔细考察一下，其中有些人，原先并不这样慈善。有很长一段时间，他是提着棍棒生活的。形势一变，他放下了棍子，装扮成了保姆模样。他手里拿着一条花手绢，东张西望，看有孩子受了委屈没有。昔日隐身林密处，今天巡逻在花丛。其霸道之气，和拿棍子的时候，是毫无二致的。

引言

观灯成为一种制度，似乎《荆楚岁时记》中就提起过，比较具体的记载，实起始于唐初，发展于两宋，来源则出于汉代燃灯祀太乙。灯事迟早不一，有的由十四到十六，有的又由十五到十九。“灯市”得名并扩大作用，也是从宋代起始。

灯节的灯

沈从文

元宵主要在观灯。

观灯成为一种制度，似乎《荆楚岁时记》中就提起过，比较具体的记载，实起始于唐初，发展于两宋，来源则出于汉代燃灯祀太乙。灯事迟早不一，有的由十四到十六，有的又由十五到十九。“灯市”得名并扩大作用，也是从宋代起始。

论灯景壮丽，过去多以为无过唐宋。笔记小说记载，大都说宫廷中和贵族府邸彩灯奢侈华美的情况。观灯有“灯市”，唐人笔记虽记载过，正式举行还是从北宋汴梁起始，南宋临安续有发展，明代则集中在北京东华门大街以东八面槽一带。从《东京梦华录》和其他记述，得知宋代灯市计五天，由十五到十九。事先必搭一座高达数丈的“鳌山灯棚”，上面布置各种灯彩，燃灯数万盏。封建皇帝到这一天，照例坐了一顶敞轿，由几个亲信太监抬着，倒退行进，名叫“鹁鸽旋”，便于四面看人观灯。又或叫几个游人上前，打发一点酒食，旧戏中常用的“金杯赐酒”即由之而来。说的虽是“与民同乐”，事实上不过是这个皇帝久闭深宫，十分寂寞无聊，大臣们出些巧主意，哄着他开心遣闷而已。

宋人笔记同时还记下许多灯彩名目，“琉璃灯”可说是新品种，不仅在富贵人家出现，商店中也起始用它来招引主顾，光如满月。“万眼罗”则用红白纱罗拼凑而成。至于灯棚和各种灯球的式样，有《宋人观灯图》和《宋人百子闹元宵图》，还为我们留下些形象材料。由此得知，明清以来反映到画幅上如《金瓶梅》《宣和遗事》和《水浒传》插图中种种灯景，和其他工艺品——特别是保留到明清锦绣图案中，百十种极其精美好看旁缀珠玉流苏的多面球灯，基本上大都还是宋代传下来的式样。另外画幅上许多种鱼、龙、鹤、凤、巧作灯、儿童竹马灯、在地下旋转不停的滚灯，也由宋代传来。

宋代的“琉璃灯”和“万眼罗”，明代的“金鱼注水灯”和用千百蛋壳做成的巧作灯，用冰琢成的冰灯，式样做法虽已难详悉，至于明代有代表性实用新品种，“明角灯”和“料丝灯”，实物在故宫还有遗存的。历史博物馆又还有个《明宪宗宫中行乐图》，画的是宫中过年情形，留下许多好看成串成组宫灯式样。这个传世宫廷画卷，上面还有个松柏枝扎成上挂八仙庆寿的鳌山灯棚，及灯节中各种杂剧杂技活动，焰火燃放情况，并且还有一个乐队，一个“百蛮进宝队”，几个骑竹马灯演《三英战吕布》戏文故事场面，画出好些明代北京民间灯节风俗面貌。货郎担推的小车，还和宋元人画的货郎图差不多，车上满挂各种小玩具和灯彩，货郎做一般小商人装束。照明人笔记说，这种种都是专为宫廷娱乐仿照市面上风光预备的。宫廷中养了七百人，就是为得皇帝一人开心而预备的。到万历时才有大臣上奏，把人数减去一半。

新的时代灯节已完全为人民所有，做灯器材也大不同过去，对于灯的要求又有了基本改变，节日即或依旧照时令举行，意义已大不相同了。

古代灯节不只是正月元宵，七月的中元，八月的中秋，也常有灯事。中华人民共和国成立后，则“五一”劳动节和“十一”国庆节，全国各处都无不有盛会庆祝。天安门前广场和人民大会堂的节日灯景，应说是极尽人间壮观。不仅是历史上少见，更重要还是人民亲手创造，又真正同享共有这一切。

关于天安门节日的灯火，已经有了许多好文章、好报道。另外我记得特别亲切的，却是前后四个月施工期间，广场中那一片辉煌灯火。因为首都所有机关工作同志和万千市民，都曾经热情兴奋在灯火下，和工人、农民、解放军一道，为这个有历史性意义的广场和两旁宏伟建筑出过一把力。

从个人经验来说，中华人民共和国成立以后另外还有许多灯景，也这么具有历史意义，给我以深刻难忘印象。比如十三陵水库大坝落成前夕的灯，就是其中之一。

…………

我生长家乡是湘西边上一个居民不到一万户口的小县城，但是狮子龙灯焰火，半世纪前在湘西各县却极著名。逢年过节，各街坊多有自己的灯。由初一到十二叫“送灯”，只是全城敲锣打鼓各处玩去。白天多大锣大鼓在桥头上表演戏水，或在八九张方桌上盘旋上下。晚上则在灯火下玩蚌壳精，用细乐伴奏。十三到十五叫“烧灯”，主要比赛转到另一方面，看谁家焰火出众超群。我照例凭顽童资格，和百十个大小顽童，追随队伍城厢内外各处走去，和大伙在炮仗焰火中消磨。玩灯的不仅要气力，还得要勇敢，为表示英雄无畏，每当场坪中焰火上升时，白光直泻数丈，有的还大吼如雷，这些人却不管是“震天雷”还是“猛虎下山”，照例得赤膊上阵，迎面奋勇而前。我们年纪小，还无资格参与这种剧烈活动，只能趁热闹在旁呐喊助威。有时自告奋勇帮忙，许可拿个松明火炬或者背背鼓，已算是运气不坏。因为始终能跟随队伍走，马不离群，直到天快发白，大家都烧得个焦头烂额，精疲力竭。队伍中附随着老渔翁和蚌壳精的，蚌壳精向例多选十二三岁面目俊秀姣好男孩子充当，老渔翁白须白发也做得俨然，这时节都现了原形，狼狈可笑。乐队鼓笛也常有气无力板眼散乱随意敲打着。有时为振作大伙精神，乐队中忽然又悠悠扬扬吹起“踹八板”来，狮子耳朵只那么摇动几下，老渔翁和蚌壳精即或得应着鼓笛节奏，当街随意兜两个圈子，不到终曲照例就瘫下来，惹得大家好笑！最后集中到个会馆前点验家伙散场时，正街上江西人开的南货店、布店，福建人开的烟铺，已经放鞭炮烧开门纸迎财神，家住对河的年轻苗族女人，也挑着豆豉萝卜丝担子上街叫卖了。

有了这个玩灯烧灯经验底子，长大后读宋代咏灯节事的诗词，便觉得相当面熟，体会也比较深刻。例如吴文英作的《玉楼春》词上半阕：

茸茸狸帽遮梅额，金蝉罗翦胡衫窄。乘肩争看小腰身，倦态强随闲鼓笛。

写的虽是八百年前元夜所见，一个小小乐舞队年轻女子，在夜半灯火阑珊兴尽归来时的情形，和半世纪前我的见闻竟相差不太多。因为那八百年虽经过元明清三个朝代，只是政体转移，社会变化却不太大。至于中华人民共和国成立虽不过十多年，社会却已起了根本变化，我那点儿时经验，事实上便完全成了历史陈迹，一种过去社会的风俗画。边远小地方年轻人，或者还能有些相似而不同经验，可以印证，生长于大都市见多识广的年轻人，倒反而已不大容易想象种种情形了。

（本文为节选）

引言

如果扫墓的确可以救国，那么，扫就要扫得真确，要扫文武周公的陵，不要扫着别人的土包子，还得查考自己是否周朝的子孙。于是乎要有考古的工作，就是掘开坟来，看看有无葬着文王武王周公旦的证据，如果有遗骨，还可照《洗冤录》的方法来滴血。但是，这又和扫墓救国说相反，很伤孝子顺孙的心了。不得已，就只好闭了眼睛，硬着头皮，乱拜一阵。

清明时节

鲁 迅

清明时节，是扫墓的时节，有的要进关内来祭祖，有的是到陕西去上坟，或则激论沸天，或则欢声动地，真好像上坟可以亡国，也可以救国似的。

坟有这么大关系，那么，掘坟当然是要不得的了。

元朝的国师八思巴，他就深信掘坟的利害。他掘开宋陵，要把人骨和猪狗骨同埋在一起，以使宋室倒霉。后来幸而给一位义士盗走了，没有达到目的，然而宋朝还是亡。曹操设了“摸金校尉”之类的职员，专门盗墓，他的儿子却做了皇帝，自己竟被谥为“武帝”，好不威风。这样看来，死人的安危，和生人的祸福，又仿佛没有关系似的。

相传曹操怕死后被人掘坟，造了七十二疑冢，令人无从下手。于是后之诗人曰：“遍掘七十二疑冢，必有一冢藏君尸。”于是后之论者又曰：阿瞒老奸巨猾，安知其尸实不在此七十二冢之内乎。真是没有法子想。

阿瞒虽是老奸巨猾，我想，疑冢之流倒未必安排的，不过古来的冢墓，却大抵被发掘者居多，冢中人的主名，的确者也很少，洛阳邙山，清末掘墓者极多，虽在名公巨卿的墓中，所得也大抵是一块志石和凌乱的陶器，大约并非原没有贵重的殉葬品，乃是早经有人掘过，拿走了，什么时候呢，无从知道。总之是葬后以至清末的偷掘那一天之间吧。

至于墓中人究竟是什么人，非掘后往往不知道。即使有相传的主名的，也大抵靠不住。中国人一向喜欢造些和大人物相关的名胜，石门有“子路止宿处”，泰山上有“孔子小天下处”；一个小山洞，是埋着大禹，几堆大土堆，便葬着文武和周公。

如果扫墓的确可以救国，那么，扫就要扫得真确，要扫文武周公的陵，不要扫着别人的土包子，还得查考自己是否周朝的子孙。于是乎要有考古的工作，就是掘开坟来，看看有无葬着文王武王周公旦的证据，如果有遗骨，还可照《洗冤录》的方法来滴血。但是，这又和扫墓救国说相反，很伤孝子顺孙的心了。不得已，就只好闭了眼睛，硬着头皮，乱拜一阵。

“非其鬼而祭之，谄之！”单是扫墓救国术没有灵验，还不过是一个小笑话而已。

引言

清明将到了，各处人民都将举行扫墓的仪式。中国社会向来是家族本位的，因此又自然是精灵崇拜的，对于墓祭这件事便十分看得重要。

关于扫墓

周作人

清明将到了，各处人民都将举行扫墓的仪式。中国社会向来是家族本位的，因此又自然是精灵崇拜的，对于墓祭这件事便十分看得重要。明末张岱著《陶庵梦忆》卷一有越俗扫墓一则云：

“越俗扫墓，男女袨服靓妆，画船箫鼓，如杭州人游湖，厚人薄鬼，率以为常。二十年前，中人之家尚用平水屋帻船，男女分两截坐，不坐船，不鼓吹，先辈谑之曰，以结上文两节之意。后渐华靡，虽监门小户，男女必用两座船，必巾，必鼓吹，必欢呼畅饮，下午必就其路之所近，游庵堂寺院及士夫家花园。鼓吹近城，必吹《海东青》《独行千里》，锣鼓错杂。酒徒沾醉，必岸帻嚣嚎，唱无字曲，或舟中攘臂，与侪列厮打。自二月朔至夏至，填城溢国，日日如之。乙酉方兵，划江而守，虽鱼艖菱舠，收拾略尽。坟垄数十里而遥，子孙数人挑鱼肉楮钱，徒步往返之，妇女不得出城者三岁矣。萧索凄凉，亦物极必反之一。”

清嘉庆时顾禄著《清嘉录》十二卷，其三月之卷中有纪上坟者云：

“士庶并出祭祖先坟墓，谓之上坟，间有婿拜外父母墓者。以清明前一日至立夏日止，道远则泛舟具馔以往，近则提壶担盒而出。挑新土，烧楮钱，祭山神，奠坟邻，皆向来之旧俗也。凡新娶妇必挈以同行，谓之上花坟。新葬者又皆在社前祭扫，谚云，新坟不过社。”

苏浙风俗本多相同，所以二书所说几乎一致，但是在同一地方却也不是全无差异，盖乡风之下又有不同的家风，如故乡东陶坊中西邻栋姓，上坟仪注极为繁重，自洗脸献茶烟以至三献，费半天的工夫，而东边桥头考姓又极简单，据说只一人坐脚桨船至坟前焚香楮而回，自己则从袖中出“洞里火烧”数个当饭吃而已。明刘侗著《帝京景物略》卷二春场中云：

“三月清明日男女扫墓，担提尊榼，轿马后挂楮锭，粲粲然满道也。拜者，酹者，哭者，为墓除草添土者，焚楮锭次，以纸钱置坟头，望中无纸钱则孤坟矣。哭罢，不归也，趋芳树，择园圃，列坐尽醉，有歌者哭笑无端，哀往而乐回也。”

清富察敦崇著《燕京岁时记》云：

“清明即寒食，又曰禁烟节，古人最重之，今人不为节，但儿童戴柳，祭扫坟茔而已。世族之祭扫者，于祭品之外以五色纸钱制成幡盖，陈于墓左，祭毕，子孙亲执于墓门之外而焚之，谓之佛多，民间无用者。”

以上两则都是说北京的事，可是与苏浙相比又觉得相去不远，所不同者只是没有画船箫鼓罢了。上坟的风俗固然含有伦理的意义，有人很是赞成，就是当作诗画的材料也是颇好的，不过这似乎有点不能长保，是很可惜的事。盖扫墓非土著不可，如《景物略》记清明云，“是日簪柳，游高梁桥，曰踏青，多四方客未归者，祭扫日感念出游。”客只能踏青而已，何益于事哉。而近来人民以职业等关系去其家乡者日益众多，归里扫墓之事很不容易了，欲四方客未归者上坟是犹劝饥民食肉糜也。至于民族扫墓之说，于今二年，鄙人则不大赞同，此事不很好说，但老友张溥泉君久在西北，当能知鄙意耳。

引言

越俗扫墓，男女袨服靓妆，画船箫鼓，如杭州人游湖，厚人薄鬼，率以为常。二十年前，中人之家尚用平水屋帻船，男女分两截坐，不坐船，不鼓吹，先辈谑之曰，以结上文两节之意。

上坟船

周作人

《陶庵梦忆》在乾隆中有两种木刻本，一为砚云本，四十年乙未刻，一卷四十三则，一为王见大本，五十九年甲寅刻，百二十三则，分为八卷。砚云本虽篇幅不多，才及王见大本三分之一，但文句异同亦多可取处，第八则尼越中扫墓事，今据录于下：

“越俗扫墓，男女袨服靓妆，画船箫鼓，如杭州人游湖，厚人薄鬼，率以为常。二十年前，中人之家尚用平水屋帻船，男女分两截坐，不坐船，不鼓吹，先辈谑之曰，以结上文两节之意。后渐华靡，虽监门小户，男女必用两座船，必巾，必鼓吹，必欢呼畅饮，下午必就其路之所近，游庵堂寺院及士夫家花园。鼓吹近城，必吹《海东青》《独行千里》，锣鼓错杂。酒徒沾醉，必岸帻嚣嚎，唱无字曲，或舟中攘臂，与侪列厮打。自二月朔至夏至，填城溢国，日日如之。乙酉方兵，划江而守，虽鱼艖菱舠，收拾略尽。坟垄数十里而遥，子孙数人挑鱼肉楮钱，徒步往返之，妇女不得出城者三岁矣。萧索凄凉，亦物极必反之一。”

小序中有云：

“兹编载方言巷咏，嬉笑琐屑之事，然略经点染便成至文，读者如历山川，如睹风俗，如瞻宫阙宗庙之丽，殆与采薇麦秀同其感慨而出之以诙谐者欤。”

数语批评甚得要领，上文可以为证，但是我所觉得最有意思的还是在于如睹风俗这一点上，因为所说上坟情形有大半和我小时候所见者相同。据说乙酉以后妇女已有三年不得出城，似写文时当在丁亥之顷，那么所谓二十年前应该是天启丁卯以往，后渐华靡可见是崇祯间事也。平水屋帻船不知是何物，平水自然是地名，屋帻船则后来不闻此语，若是田庄船，容积不大，未必能男女分两截坐，疑不能明。座船大抵是三道船亦名三明瓦，一船至多也只能容七八人，因饭时用方桌坐八人便已很挤了，故不能再分两截而须分船，亦正是事势必然，华靡恐尚在其次。鼓吹后世仍用，普通称吹手或鼓手，有两种，一是乐户，世袭的堕民为之，品最低，二是官吹，原是平民，服务于协台衙门者，唯大家得雇用之，窃意此当本名鼓手，乐户是吹手，后来乃混为一称耳。上坟用官吹者，归途必令奏将军令，似为其特技，或乐户所不能者也，《海东青》等名目则未曾闻。大家丁口众多，遗有祭田者，上坟船之数，大率一房中男女各一只，鼓手船厨司船酒饭船各一只，酒饭船并备祭品，如干三牲，香蜡纸钱爆仗，锡五事，桌帏棕荐等，此其大较也。

顾铁卿《清嘉录》卷三上坟条下关于墓祭的事略有考证，兹不赘。绍兴墓祭在一年中共有三次，一在正月曰拜坟，实即是拜岁，一在十月曰送寒衣，别无所谓衣，亦只是平常拜奠而已。这两回都很简单，只有男子参与，亦无鼓吹，至三月则曰上坟，差不多全家出发，旧时女人外出时颇少，如今既是祭礼，并作春游，当然十分踊跃，儿歌有云，正月灯，二月鹞，三月上坟船里看姣姣，即指此。姣姣盖是昔时俗语，绍兴戏说白中多有之，弹词中常云美多姣，今尚存夜姣姣之俗名，谓夜开的一种紫茉莉也。上坟仪式各家多不相同，有时差得极远，吾家旧住东门内东陶坊，西邻甲姓仪注繁重，自进面盆手巾，进茶碗，以至罗拜毕焚帛，在坟头扮演故人生活须小半日之久，坊东端乙姓则只一二男子坐小船，至坟前祭奠，便即下船回城，怀中出数个火烧食之，亦不分享馂余，据划小船者说如此。二者盖是极端的例，普通的办法大抵如下。最先祀后土，墓左例设后土尊神之位，石碑石案，点香烛，陈小三牲果品酒饭，主祭者一人跪拜，有二人赞礼，读祝文，焚帛放爆竹双响者五枚。次为墓祭，祭品中多有肴馔十品，余与后土相似，列石祭桌上，主祭者一人，成年男子均可与祭，但与祭大概只能备棕荐三列，分行辈排班，如人数过多则亦有余剩。祭献读祭文，悉由礼生引赞，献毕行礼，俟与祭者起，礼生乃与余剩的人补拜，其后妇女继之，拜后焚纸钱而礼毕，爆竹本以祀神，但墓祭亦有用者，盖以逐山魈也。回船后分别午餐，各船一桌，照例用“十碗头”，大抵六荤四素，在清末六百文已可用，若八百文则为上等，三鲜改用细十锦，亦称蝴蝶参，扣肉乃用反扣矣。范啸风著《越谚》卷中饮食类下列有六荤四素五荤五素名目，注云：“此荤素两全之席，总以十碗头为一席，吉事用全荤，忏事用全素，此席用之祭扫为多，以妇女多持斋也。”此等家常酒席的菜与宴会颇不相同，如白切肉，扣鸡，醋熘鱼，小炒，细炒，素鸡，香菇鳝，金钩之类，皆质朴有味，虽出厨司之手，却尚少市气，故为可取。在“上坟酒”中还有一种食味，似特别不可少者，乃是熏鹅，据《越谚》注云系斗门镇名物，惜未得尝，但平常制品亦殊不恶，以醋和酱油蘸食，别有风味，其制法虽与烧鸭相似，唯鸭稍华贵，宜于红灯绿酒，鹅则更具野趣，在野外舟中啖之，正相称耳。孙彦清《寄龛丙志》卷四记孙月湖款待谭子敬，“为设烧鹅，越常羞也，于敬食而甘之，谓是便宜坊上品，南中何由得此。盖状适相似，味实悬绝，鶂鶂者乃得此过情之誉，殊非意计所及。已而为质言之，子敬亦哑然失笑。”其实不佞倒是赞成者的，熏鹅固佳，别样的也好，反正不能统年都吃，虽然医书上说有发气不宜多食，也别无关系。大凡路远时下山即开船，且行且吃，若是路近，多就近地景色稍好处停船，如古冢大庙旁，慢慢地进食，别不以游览为目的，与《梦忆》所云殊异。平常妇女进庙烧香，归途必游庵堂寺院，不知是何意义，以前常经历之，近来久不还乡里，未知如何，唯此类风俗大抵根底甚深，即使一时中绝，令人有萧索凄凉之感，不久亦能复兴，正如清末上坟与崇祯时风俗多近似处，盖非偶然也。

引言

逢到节令，我们遵照老例祭祖先。苏州人把祭祖先特称为“过节”，别地方人买一些酒菜，大家在节日吃喝一顿，叫作“过节”；苏州人对于这两个字似乎没有这样用法。

过　节

叶圣陶

逢到节令，我们遵照老例祭祖先。苏州人把祭祖先特称为“过节”，别地方人买一些酒菜，大家在节日吃喝一顿，叫作“过节”；苏州人对于这两个字似乎没有这样用法。

过节以前，母亲早已把纸锭折好了。纸锭的原料是锡箔，是绍兴地方的特产。前几年我到绍兴，在一个土山上小立，只听得密集的市屋间传出嗒嗒的声音，互相应答，就是在那里打锡箔。

我家过节共有三桌。上海弄堂房子地位狭窄，三桌没法同时祭，只得先来两桌，再来一桌。方桌子仅有一只，只得用小圆桌凑数。本来是三面设座位的，因为椅子不够，就改为只设一面。杯筷碗碟拿不出整齐的全套，就取杂色的来应用。蜡盏弯了头。香炉里香灰都没有，只好把三支香搁在炉口就算。总之，一切都马虎得很。好在母亲并不拘于成规，对于这一切马虎不曾表示过不满。但是我知道，如果就此废止过节，一定会引起她的不快。所以我从没有说起废止过节。

供了香，斟了酒，接着就是拜跪。平时太少运动了，才过四十岁，膝关节已经硬化，跪下去只觉得僵僵的，此外别无所思。在满坐的祖先中间，记忆得最真切的是父亲与叔父，因为他们过世最后。但是我不能想象他们与十几位祖先挤坐在两把椅子上举杯喝酒举筷吃菜的情状。又有一个十一岁上过世的妹妹，今年该三十八了，母亲每次给她特设一盘水果，我也不能想象她剥橘皮吐桃核的情状。

从前父亲叔父在日，他们的拜跪就不相同。容貌显得很肃穆，一跪三叩之后，又轻轻叩头至数十回，好像在那里默祷，然后站起来，恭敬地离开拜位。所谓“祭如在”，“临事而敬”，他们是从小就成为习惯了的。新教育的推行与时代的转变把古传的精灵信仰打破，把儒家的报本返始的观念看得并没有什么了不起，于是“如在”即“如”不起来，“临事”自不能装模作样地虚“敬”，只成为一种毫无意义的例行故事：这原是必然的。

几个孩子有时跟着我拜，有时说不高兴拜，也就让他们去。焚化纸锭却是他们欢喜干的事，在一个搪瓷面盆里慢慢地把纸锭加进去，看它们给火焰吞食，一会儿变成白色的灰烬，仿佛有冬天拨弄炭火盆那种情味。孩子们所知道的过节，第一自然是吃饭时有较好较多的菜；第二，这是家庭里的特种游戏，一年内总得表演几回的。至于祖先会扶老携幼到来，分着左昭右穆坐定，吃喝一顿之后，又带着钱钞回去：这在孩子是没法想象的，好比我不能想象父亲叔父会到来参加这家族的宴飨一样。从这一点想，虽然逢时过节，对于孩子大概不至于有害吧。

引言

清明三天，我们每天都去上坟。

第一天，寒食，下午上“杨庄坟”。杨庄坟离镇五六里路，水路不通，必须步行。老幼都不去，我七八岁就参加。茂生大伯挑了一担祭品走在前面，大家跟他走，一路上采桃花，偷新蚕豆，不亦乐乎。

清　明

丰子恺

清明例行扫墓。扫墓照理是悲哀的事。所以古人说：“鸦啼雀噪昏乔木，清明寒食谁家哭。”又说：“佳节清明桃李笑，野田荒冢只生愁。”

然而在我幼时，清明扫墓是一件无上的乐事。人们借佛游春，我们是“借墓游春”。我父亲有八首《扫墓竹枝词》：

别却春风又一年，梨花似雪柳如烟。
家人预埋上坟事，五日前头折纸钱。

风柔日丽艳阳天，老幼人人笑口开。
三岁玉儿娇小甚，也教抱上画船来。

双双画桨荡轻波，一路春风笑语和。
望见坟前堤岸上，松阴更比去年多。

壶榼纷陈拜跪忙，闲来坐憩树阴凉。
村姑三五来窥看，中有谁家新嫁娘。

周围堤岸视桑麻，剪去枯藤只剩花。
更有儿童知算计，松球拾得去煎茶。

荆榛坡上试跻攀，极目云烟杳霭闲，
恰得村夫遥指处，如烟如雾是含山。

纸灰扬起满林风，杯酒空浇奠已终。
却觅儿童归去也，红裳遥在菜花中。

解将锦缆趁斜晖，水上蜻蜓逐队飞。
赢受一番春色足，野花载得满船归。

这里的“三岁玉儿”，就是现在执笔写此文的七十老翁。我的小名叫作“慈玉”。

清明三天，我们每天都去上坟。

第一天，寒食，下午上“杨庄坟”。杨庄坟离镇五六里路，水路不通，必须步行。老幼都不去，我七八岁就参加。茂生大伯挑了一担祭品走在前面，大家跟他走，一路上采桃花，偷新蚕豆，不亦乐乎。

到了坟上，大家息足，茂生大伯到附近农家去，借一只桌子和两只条凳来，于是陈设祭品，依次跪拜。

拜过之后，自由玩耍。有的吃甜麦塌饼，有的吃粽子，有的拔蚕豆梗来做笛子。蚕豆梗是方形的，在上面摘几个洞，作为笛孔。然后再摘一段豌豆梗来，装在这笛的一端，笛便做成。指按笛孔，口吹豌豆梗，发音竟也悠扬可听。可惜这种笛寿命不长。拿回家里，第二天就枯干，吹不响了。

祭扫完毕，茂生大伯去还桌子凳子，照例送两个甜麦塌饼和一串粽子，作为酬谢。然后诸人一同在夕阳中回去。

杨庄坟上只有一株大松树，临着一个池塘。父亲说这叫作“美人照镜”。现在，几十年不去，不知美人是否还在照镜。闭上眼睛，情景宛在目前。

正清明那天，上“大家坟”。这就是去上同族公共的祖坟。坟共有五六处，须用两只船，整整上一天。同族共有五家，轮流做主。白天上坟，晚上吃上坟酒。

这笔费用由祭田开销。祖宗们心计长，恐怕子孙不肖，上不起坟，叫他们变成饿鬼。因此特置几亩祭田，租给农民。轮到谁家主持上坟，由谁家收租。雇船办酒之外，费用总有余裕。因此大家高兴做主。

而小孩子尤其高兴，因为可以整天在乡下游玩，在草地上吃午饭。船里烧出来的饭菜，滋味特别好。因为，据老人们说，家里有灶君菩萨，把饭菜的好滋味先尝了去；

而船里没有灶君菩萨，所以船里烧出来的饭菜滋味特别好。

孩子们还有一件乐事，是抢鸡蛋吃。每到一个坟上，除对祖宗的一桌祭品以外，必定还有一只小匾，内设小鱼、小肉、鸡蛋、酒和香烛，是请地主吃的，叫作拜坟墓土地。孩子们中，谁先向坟墓土地叩头，谁先抢得鸡蛋。我难得抢到，觉得这鸡蛋的确比平常的好吃。

上了一天坟回来，晚上是吃上坟酒。酒有四五桌，因为出嫁姑娘也都来吃。吃酒时，长辈总要训斥小辈，被训斥的，主要是乐谦、乐生和月生。因为乐谦盗卖坟树，乐生、月生作恶为非，上坟往往不到而吃上坟酒必到。

第三天上私房坟。我家的私房坟，又称为旗杆坟。去上的就是我们一家人，父母和我们姐弟数人。

吃了早中饭，雇一只客船，慢吞吞地荡去。水路五六里，不久就到。祭扫期间，附近三竺庵里的和尚来问讯，送我们些春笋。我们也到这庵里去玩，看见竹林很大，身入其中，不见天日。

我们终年住在那市井尘嚣中的低小狭窄的百年老屋里，一朝来到乡村田野，感觉异常新鲜，心情特别快适，好似遨游五湖四海。因此我们把清明扫墓当作无上的乐事。我的父亲孜孜兀兀地在穷乡僻壤的蓬门败屋之中度过短促的一生，我想起了感到无限的同情。

引言

我们今天一早在野鸟开唱以前就起身，不到六时就骑骡出发，除了在永陵休息半小时以外，一直到下午一时余，只是在高度的日光下赶路。我一到家，只觉得四肢的筋肉里像用细麻绳扎紧似的难受；头里的血，像沸水似的急流；神经受了烈性的压迫，仿佛无数烧红的铁条蛇盘似的绞紧在一起……

我过的端阳节

徐志摩

我方才从南口回来。天是真热，朝南的屋子里都到九十度[①]以上，两小时的火车竟如在火窖中受刑，坐起一样的难受。我们今天一早在野鸟开唱以前就起身，不到六时就骑骡出发，除了在永陵休息半小时以外，一直到下午一时余，只是在高度的日光下赶路。我一到家，只觉得四肢的筋肉里像用细麻绳扎紧似的难受；头里的血，像沸水似的急流；神经受了烈性的压迫，仿佛无数烧红的铁条蛇盘似的绞紧在一起……

一进阴凉的屋子，只觉得一阵眩晕从头顶直至踵底，不仅眼前望不清楚，连身子也有些支持不住。我就向着最近的藤椅上瘫了下去，两手按住急颤的前胸，紧闭着眼，纵容内心的混沌，一片暗黄，一片茶青，一片墨绿，影片似的在倦绝的眼膜上扯过……

① 这里指华氏度，华氏九十度相当于 32 摄氏度。——编者注。

直到洗过了澡，神志方才回复清醒，身子也觉得异常地爽快，我就想了……

人啊，你不自己惭愧吗？

野兽，自然的，强悍的，活泼的，美丽的；我只是羡慕你。

什么是文明人：只是腐败了的野兽！你若是拿住一个文明惯了的人类，剥了他的衣服装饰，夺了他作伪的工具——语言文字，把他赤裸裸地放在荒野里看看——多么“寒村”的一个畜生呀！恐怕连长耳朵的小骡儿，都瞧他不起哪！

白天，狼虎放平在丛林里睡觉，他躲在树荫底下发痧；晚上清风在树林中演奏轻微的妙乐，鸟雀儿在巢里做好梦，他倒在一块石上发烧咳嗽——着了凉！

也不等狼虎去商量他有限的皮肉；也不必小雀儿去嘲笑他的懦弱；单是他平常歌颂的艳阳与凉风，甘霖与朝露，已够他的受用：在几小时之内可使他脑子里消灭了金钱、名誉、经济、主义等的虚景，在一半天之内，可使他心窝里消灭了人生的情感悲乐种种的幻象，在三两天之内——如其那时还不曾受淘汰——可使他整个地超出了文明人的丑态，那时就叫他放下两只手来替脚平分走路的负担，他也不以为离奇，抵拼撕破皮肉爬上树去采果子吃，也不会感觉到体面的观念……

平常见了活泼可爱的野兽，就想起红烧野味之美。现在你失去了文明的保障，但求彼此平等待遇两不相犯，已是万分地侥幸……

文明只是个荒谬的状况；文明人只是个凄惨的现象——我骑在骡上嚷累叫热，跟着哑巴的骡夫，比手势告诉我他整天地跑路，天还不算顶热，他一路很快活地不时采一朵野花，拆一茎麦穗，笑他古怪的笑，唱他哑巴的歌；我们到了客寓喝冰汽水喘息，他路过一条小涧时，扑下去喝一个贴面饱，同行的有一位说："真的，他们这样的胡喝，就不会害病，真贱！"

回头上了头等车，坐在皮椅上嚷累叫热，又是一瓶两瓶的冰水，还怪嫌车里不安电扇；同时前面火车头里司机的加煤的，在一百四五十度[1]的高温里笑他们的笑，谈他们的谈……

田里刈麦的农夫拱着棕黑色的裸背在工作，从早起已经做了八九时的工，热烈的阳光在他们的皮上像在打出火星来似的，但他们却不曾嚷腰酸叫头痛……

我们不敢否认人是万物之灵，我们却能断定人是万物之淫；什么是现代的文明，只是一个淫的现象。

淫的代价是活力之腐败与人道之丑化。

前面是什么，没有别的，只是一张黑沉沉的大口，在我们运定的道上张开等着，时候到了把我们整个地吞了下去完事！

---

① 这里指华氏度，华氏一百四五十度相当于60～65摄氏度。——编者注。

引言

而我的在门上写王字，也可说是悖事之至！因为这门上的王字原是端午日正午用雄黄酒写上的。

我幼时看见我乡家家户户如此，所以我画如此。岂知这办法只限于某一地带；又只限于我幼时，现在大家懒得行古之道了。许多读者不懂这王字的意思，也挺难怪的。

端阳忆旧

丰子恺

我写民间生活的漫画中，门上往往有一个王字。读者都不解其意。有的以为这门里的人家姓王。我在重庆的画展中，有人重订一幅这类的画，特别关照会场司订件的人，说："请他画时在门上写一个李字。因为我姓李。"这买画人把画当作自己家里看，其欣赏态度可谓特殊至极！而我的在门上写王字，也可说是悖事之至！因为这门上的王字原是端午日正午用雄黄酒写上的。

我幼时看见我乡家家户户如此，所以我画如此。岂知这办法只限于某一地带；又只限于我幼时，现在大家懒得行古之道了。许多读者不懂这王字的意思，也挺难怪的。

我幼时，即四十余年前，我乡端午节过得很隆重：我的大姐一月前制"老虎头"，预备这一天给自家及亲戚家的儿童佩戴。染坊店里的伙计祁官，端午的早晨忙于制造蒲剑：向野塘采许多蒲叶来，选取最像宝剑的叶，加以剑柄，预备正午时和桃叶一并挂在每个人的床上。

我的母亲呢，忙于“打蚊烟”和捉蜘蛛：向药店买一大包苍术白芷来，放在火炉里，教它发出香气，拿到每间房屋里去熏。同时，买许多鸡蛋来，在每个的顶上敲一个小洞，放进一只蜘蛛去，用纸把洞封好，把蛋放在打蚊烟的火炉里煨。煨熟了，打开蛋来，取去蜘蛛的尸体，把蛋给孩子们吃。

到了正午，又把一包雄黄放在一大碗绍兴酒里，调匀了，叫祁官拿到每间屋的角落里去，用口来喷。喷剩的浓雄黄，用指蘸了，在每一扇门上写王字；又用指捞一点来塞在每一个孩子肚脐眼里。据说是消毒药的储蓄；日后如有人被蜈蚣毒蛇等咬了，可向门上去捞取一点端午日午时所制的良药来，敷上患处，即可消毒止痛。

世相无常，现在这种古道已经不可多见，端阳的面具全非昔比了。我独记惦门上这个王字，是为了画中的门上的点缀。光裸裸的画一扇门，怪单调的；在门上画点东西呢，像是门牌，又不好看。唯有这个王字，既有装饰的效果，又有端阳的回想与纪念的意味。

从前日本废除纸伞而流行“蝙蝠伞”（就是布制的洋伞）的时候，日本的画家大为惋惜。因为在直线形过多的市街风景中，圆线的纸伞大有对比作用，有时一幅市街风景画全靠一顶纸伞而生成；而蝙蝠伞的对比效果，是远不及纸伞的。现在我的心情，正与当时的日本画家相似。用实利的眼光看，这事近于削足适履。这原是“艺术的非人情”。

引言

屈原是一个诗人。古今中外的诗人，死后受纪念的，当然不少。不过，像纪念屈原这样，成了一个名副其实的民族纪念节，普遍举行于各阶层的民众中间的，实在没有第二个。不但在诗人中间，就是在一切人民中间，恐怕除了耶稣以外，没有第二个人还享受到这样普遍的纪念。

纪念屈原

高长虹

屈原纪念节，在我们的民族，举行已经很久了，说它普遍，也是够普遍的，不但在中国领土，就是在外国，我们的人民侨居的地方，想来也是要举行的。不过，说来有点奇怪，屈原是个诗人，可是，我们文艺界用一个纪念会的形式来纪念他的，都是很少。也许今天诗歌晚会所召集的纪念会，像是第一次。

屈原是一个诗人。古今中外的诗人，死后受纪念的，当然不少。不过，像纪念屈原这样，成了一个名副其实的民族纪念节，普遍举行于各阶层的民众中间的，实在没有第二个。不但在诗人中间，就是在一切人民中间，恐怕除了耶稣以外，没有第二个人还享受到这样普遍的纪念。当然，这里也有不幸的一点，屈原事实上受到民众的纪念，他的名字却被大多数的民众忘记了。这就是诗人不如耶稣的地方。不过，我们现在不必多惆惜这件事情。我们现在要紧的事，是要知道为什么屈原纪念在事实上成了民族最大的纪念节呢？第一，这当然是因为屈原不只是一个诗人，他还是一个政治家。我们古代的诗人兼政治家的，在屈原以前，还有周公。周公的成就比屈原的成就，当然光辉得多。不过周公这人，总不免传说的气氛太多一点。流传下来的周公的诗，不也很少，也一样不十分可惜。我们的古代诗人，同时又是政治家，有正确的历史意义的，第一人还是屈原。民众这样纪念他，他当然是配得上的。不过，民众所以要纪念他，还不只由于这个。也不是因为他失败了，大家同情他。不是的。大家纪念他，是因为他以民族的心为心，民族的生命为生命的。屈原是战国时代的楚国人，秦国人是他的敌人，他并不代表中国民族。可是中国民族，因为他能以楚国的心为心，楚国的生命为生命，所以就把楚国来象征了中国，把屈原奉为民族的代表者了。屈原快乐的时候，就是楚国在政治上有办法的时候。屈原抑郁悲哀的时候，就是楚国将有灭亡之忧的时候。屈原绝不忍心看见楚国亡了，他自己才死。他是知道楚国没有救了，他自己先死了，不忍心看到楚国的灭亡。他活着的时候，他每一念都是想救楚国的。这在他的诗里边表现得明明白白。到他觉得一点希望都没有了的时候，他只可以死了。我们不能责备屈原太消极，他还应该斗争下去。也不能说屈原的政治天才不如他的艺术天才，只配做一个诗人。

我们的民族也就这样，不但没有责备他反而认识出来屈原真是我们的民族的代表诗人，用美的故事，不疲倦的年祭来纪念他。我们今天开会来纪念他，理由当然不外是与民族一致行动。不过，我们是写诗的人，除了消极的纪念外，还得有积极的纪念方法，一种诗的纪念。不然的话，我们就有愧也被称为诗人，也写屈原写过的尊贵的文艺体裁。我们怎么样用积极的方法、用诗的方法纪念屈原呢？第一当然是，大家都应当以民族的心为心，以民族的生命为生命，并把这个用诗来证明出来。可是只有这个还不够。我们不能像屈原那样，看见中国百事不如人意，便一死了事，便是中国命运里证明要亡国的，我们还要救活它。我们处的时代不是屈原的时代。屈原生在我们的时代，他不会自杀。我们的时代是人定可以胜天的时代。我们自己的心拿定了，我们的生命就活了。我们叫四万万同胞的心都拿定了，我们的民族的生命就活了。我们拿什么来完成这种任务呢？当然不是不可以拿别的东西，不过我们还是要用诗。因为诗，不但是意志的表现，灵魂的号召，比这还可以具体一些，诗还可以是政治的指南。屈原在诗上成功，在政治上失败了，我们要都成功，来纪念我们的大诗人。

引言

端午节最主要的两个节目，无疑是竞渡和吃粽子。这里你就该注意，竞渡用的龙舟，粽子投到水里常为蛟龙所窃，两个主要节目都与龙有关，假如不是偶合的话，恐怕整个端午节中心的意义，就该向龙的故事里去探寻吧。

端节的历史教育

闻一多

端午那天孩子们问起粽子的起源，我当时虽乘机大讲了一顿屈原，心里却在暗笑，恐怕是帮同古人撒谎吧。不知道是为了谎的教育价值，还是自己图省事和藏拙，反正谎是撒过了，并且相当成功，因为看来孩子们的好奇心确乎得到了相当的满足。可是，孩子们好奇心的终点，便是自己好奇心的起点。自从那天起，心里常常转着一个念头：如果不相信谎，真又是什么呢？端午真正的起源，究竟有没有法子知道呢？最后我居然得到了线索，就在那谎里。

屈原五月五日投汨罗而死，楚人哀之，每至此日，以竹筒贮米，投水祭之。汉建武中，长沙欧回，白日忽见一人，自称三闾大夫，谓曰："君当见祭，甚善。但常所遗，苦为蛟龙所窃。今若有惠，可以楝树叶塞其上，仍以五彩丝约缚之。此二物，蛟龙所惮也。"回依其言。世人作粽，并带五彩丝及楝叶，皆汨罗之遗风也。

——《续齐谐记》

这传说是如何产生的，下文再谈，总之是不可信。倒是“常所遗（粽子）苦为蛟龙所窃”这句话，对于我的疑窦，不失为一个宝贵的消息。端午节最主要的两个节目，无疑是竞渡和吃粽子。这里你就该注意，竞渡用的龙舟，粽子投到水里常为蛟龙所窃，两个主要节目都与龙有关，假如不是偶合的话，恐怕整个端午节中心的意义，就该向龙的故事里去探寻吧。这是第一点。据另一传说，竞渡的风俗起于越王勾践，那也不可靠，不过吴越号称水国，说竞渡本是吴越一带的土风，总该离事实不远。这是第二点。一方面端午的两个主要节目都与龙有关，一方面至少两个节目之一，与吴越的关系特别深，如果我们再能在吴越与龙之间找出联系来，我们的问题不就解决了吗？

吴越与龙究竟有没有联系呢？古代吴越人“断发文身”，是我们熟知的事实。这习俗的意义，据当时一位越国人自己的解释，是“处海垂之际……而蛟龙又与我争焉，是以剪发文身，烂然成章，以像龙子者，将以避水神也。”（《说苑·奉使》篇记诸发语）所谓“水神”便是蛟龙。原来吴越都曾经自认为蛟龙的儿子（龙子），在那个大前提下，他们想，蛟龙是害人的东西，不错，但决不会残杀自己的“骨肉”。所以万一出了岔子，责任不该由蛟龙负，因为他们相信，假若人们样子也长得和蛟龙一样，让蛟龙到眼前就认识是自己的族类，哪会有岔子出呢？这样盘算的结果，他们便把头发剪短了，浑身刺着花纹，尽量使自己真像一个“龙子”，这一来他们心里便踏实了，觉得安全真有保障。这便是吴越人断发文身的全部理论。这种十足的图腾主义式的心理，我在别处还有更详细的分析与说明。现在应该注意的是，我们在上文所希望的吴越与龙的联系，事实上确乎存在。根据这联系推下去，我想谁都会得到这样一个结论：端午本是吴越民族举行图腾祭的节日，而赛龙舟便是这祭仪中半宗教半社会性的娱乐节目。至于将粽子投到水中，本意是给蛟龙享受的，那就不用讲了。总之，端午是个龙的节日，它的起源远在屈原以前——不知道多远呢！

据《风俗通》和《荆楚岁时记》，五月五日，古代还有以彩丝系臂，名曰“长命缕”的风俗。我们疑心彩丝系臂便是文身的变相。一则《国策》有“祝发文身错臂，瓯越之民也”的话（《赵策》二）。可见文身术应用的主要部分之一是两臂。二则文身的目的，上文已讲过，是给生命的安全作保障。彩丝系臂，在形式上既与错臂的文身术有类似的效果，而“长命缕”这名称又证明了它也具有保障生命的功能，所以我们说彩丝系臂是古代吴越人文身俗的遗留，也是不会有大错的。于是我又恍然大悟，如今小孩们身上挂着五彩丝线缠的，或彩色绸子扎的，或染色麦草编的，种种光怪陆离的小玩意儿，原来也都是文身的替代品。

文身是“以像龙子”的。竞渡与吃粽子，上文已说过，都与龙有关，现在我们又发现彩丝系臂的背景也是龙，这不又给端午是龙的节日添了一条证据吗？我看为名副其实，这节日干脆叫“龙子节”得了。

我在上文好像揭穿了一个谎。但在那揭谎的工作中，我并不是没有怀着几分惋惜的心情。我早已提到谎有它的教育价值，其实不等到谎被揭穿之后，我还不觉得谎的美丽。如果明年孩子们再谈起粽子的起源，我想，我的话题还是少不了这个谎，不，我将在讲完了谎之后，再告诉他们谎中的真。我将这样说：

吃粽子这风俗真古得很啊！它的起源恐怕至少在四五千年前。那时人们的文化程度很低。你们课本中有过海南岛黎人的插图吗？他们正是那样，浑身刺绣着花纹，满脸的狞恶相。但在内心里，他们实在是很可怜的。那时的人在自然势力威胁之下，常疑心某种生物或无生物有着不可思议的超自然力量，因此他们就认定那东西为他们全族的祖先兼保护神，这便是现代术语所谓“图腾”。凡属于某一图腾族的分子，必在自己身体上和日常用具上，刻画着该图腾的形状，以图强化自己和图腾间的联系，而便于获得图腾的保护。古代吴越民族是以龙为图腾的，为表示他们“龙子”的身份，借以巩固本身的被保护权，所以有那断发文身的风俗。一年一度，就在今天，他们要举行一次盛大的图腾祭，将各种食物，装在竹筒，或裹在树叶里，一面往水里扔，献给图腾神吃，一面也自己吃。完了，还在急鼓声中（那时许没有锣）划着那刻画成龙形的独木舟，在水上做竞渡的游戏，给图腾神，也给自己取乐。这一切，表面上虽很热闹，骨子里却只是在一副战栗的心情下，吁求着生命的保障，所以从冷眼旁观者看来，实在是很悲的。这便是最古端午节的意义。

一二千年的时间过去了，由于不断地暗中摸索，人们稍稍学会些控制自然的有效方法，自己也渐渐有点自信心，于是对他们的图腾神，态度渐渐由献媚的、拉拢的，变为恫吓的、抗拒的（人究竟是个狡猾的东西！），最后他居然从幼稚的、草昧的图腾文化挣扎出来了，以至几乎忘掉有过那么回事。好了，他现在立住脚跟了，进步相当的快。人们这时赛龙舟、吃粽子，心情虽还有些紧张，但紧张中却带着点胜利的欢乐意味。他们如今是文明人啊！我们所熟悉的春秋时代的吴越，便是在这个文化阶段中。

但是，莫忙乐观！刚刚对于克服自然有点把握，人又发现了第二个仇敌——他自己。以前人的困难是怎样求生，现在生大概不成问题，问题在怎样生得光荣。光荣感是个良心问题，然而要晓得良心是随罪恶而生的。时代一入战国，人们造下的罪孽想是太多了，屈原的良心担负不起，于是不能生得光荣，便毋宁死，于是屈原便投了汨罗！是呀，仅仅求生的时代早过去了，端午这节日也早失去了意义。从战国到今天，应该是怎样求生得光荣的时代，如果我们还要让这节日存在，就得给他装进一个我们时代所需要的意义。

但为这意义着想，哪有比屈原的死更适当的象征？是谁首先撒的谎，说端午节起于纪念屈原，我佩服他那无上的智慧！端午，以求生始，以争取生得光荣的死终，这谎中有无限的真！

准备给孩子们讲的话，不妨到此为止。纵然这番意思，孩子还不大懂，但迟早是应当让他们懂得的。是不是？

引言

忽然有一天，日子是记不清楚了，他得到一份期刊，上面有这样一首诗：

那青春的迷人的眼波，
是在江南的五月的天气，——
这生命中唯一的一日，
我永远忘不了你。

端午节的邀请

韦素园

是江南五月的天气，一个青年，此时已经离了家，来到长沙城，住在一个公共的处所里。

日子过得这样烦闷，因为这是他第一次离别了他亲爱的母亲。

长院里，梧桐树下，他常在那里散步。

忽然，来了一个电话，说是给他的，他连忙走去。

——哦，三弟，是你吗？——发电话的人说。

——是。

——今天是端午节，你可以来到公馆里过节吧。

他听明了话，知道是嫂子打来的。他立刻应允了，心里是充满了异地作客的欢喜。

十点十分，他走进寓门，笔直来到嫂嫂的卧房里。

门帘开处——哦，里面还坐着一位中年的妇人和一个少女。他当时心里充满了震惊。

——三弟回来了，请进坐！——嫂嫂这样说，一面把他向中年妇人介绍。呵，这原来是那少女的嫂嫂。少女也立着，脸色红红的，两旁有两个酒窝。他们曾偶尔相遇过，但是不能说什么话。在这一次，少女仅只向他微微地笑着。

以后仍常见面，但仍然没有交谈过，而且便这样默默地永别了。

几年的光阴过去，少年却随着他哥哥漂流到A城里。

忽然有一天，日子是记不清楚了，他得到一份期刊，上面有这样一首诗：

那青春的迷人的眼波，
是在江南的五月的天气，——
这生命中唯一的一日，
我永远忘不了你。

啊，啊，不幸我已做了人家孩子的母亲，
我还能有什么希冀？
这不可抵抗的逼人的命运，
把我永远沉在黑暗里。

少年读完了诗，看见下面署的是她的名——爱华。他默默良久，没有说一句话。

最后打听了一气，方知这少女是在极恶劣的命运中，遵着母亲的遗命不曾在大学毕业，出嫁了一个心中所不愿意的人。

这期刊是她的“Sister”主编的，但少年终于没好去询问详细情形。

引言

就在当时，端午节这名词还是不能使我明白地了解。可是，在听了这名词之后，我对它立刻有了一个模糊的，但是形象化了的观念，这观念是：“端午节”便是门上的艾与菖蒲，堂屋里的粽子，房间里的客人，客人中的那位胖麻太太脸上的厚粉，外加一件外祖母在逼迫我穿的那件崭新的花布衫子。

端午节

关　露

提到端午节这个日子，我总想到我的幼年时期；想到我的幼年时期我回忆到的第一个人便是我的外祖母。

我的外祖母是一位慈祥而爽直的老人。因为我的母亲死去得很早，我跟我的两个姊妹从小就跟随着我的外祖母。由于她晚景的凄凉，她的慈祥的脸上常常显着忧郁，由于她对于我们姊妹的钟爱，当看见我们的时候她的脸上便显出了微笑，但有的时候，她看见我们又想到我的母亲，因此又常常有些晶莹的泪迹埋藏在她微笑的眼睛里。

谈到我的外祖母，特别在这样一个春光已去、夏日刚来的满布着苍绿的时候，我便又回忆起从前的端午节了。

记得有一年，我还是在一个对事物都很模糊的年纪里，我跟我的外祖母住在一个有杨柳和青草的江南的地方。那一天是一个热得可以出汗，但有时又有一点飕飕的凉风的仲夏的日子；我们房子的门上都挂了艾跟菖蒲，堂屋里的桌上堆满了糕饼和粽子。房间里坐了好几位客人，这些客人中有男的也有女的，大都是些我的亲长。当时我觉得非常奇怪，为什么房屋的门口要挂上一些草，那些草不但没有一点香味，而且看上去很不顾眼。客人们为什么来得这样凑巧，并且那几位女客的外表都跟平时不一样，她们的头上戴了花，身上穿着崭新的衣服，甚至于客人们之中的那一位又麻又胖的太太，她的脸上都涂上了一层像石灰一样的厚粉，这层粉的效力竟把她的麻子遮去了一半。正当我在怀疑而感到新奇地观看客人们的脸跟衣服的时候，外祖母也拿了一件又硬又挺的、崭新的花布衣服出来，叫我把身上原有的衣服脱掉，换上她手里的那一件。这时候我才意识到我自己身上的那件衣服的形状，是一件又脏又旧，而且有一只袖子上还烧了一个小洞的衣服。拿我身上的那件衣服跟外祖母手中的相比，自然是喜欢那一件新的，然而我决不愿意穿。因为在那个时候我对于衣服有一种观念，我喜欢有新衣服，而且是多多益善，但是我所要有的新衣服，只是装在属于我的名下的箱子里，有的时候从箱子里拿出来看一看，如果把它穿在我的身上，我便会感觉身体发硬，通身上下都觉着不自由。原因是我以为当我穿了新衣服的时候，一定会有人因注意我而多多地看我，这是会阻碍我的活动自由的一个原因。其次是我觉着身上穿了一件新衣服，便不能随便动作，因为会碰坏了衣裳，为着行动自由，我还是喜欢穿旧的。

“今天是端午节，大家都穿上新衣服了。”经过我拒绝了那件衣服之后，外祖母重新向我申说。

关于这句话，新衣服的那件事还是不曾打动我，打动我的倒是那“端午节”三个字。这对我是一个新的名词，在那次以前我自来不曾听见过这名词，也许听见过，但是它绝对不曾存留在我的记忆中。就在当时，端午节这名词还是不能使我明白地了解。可是，在听了这名词之后，我对它立刻有了一个模糊的，但是形象化了的观念，这观念是：“端午节”便是门上的艾与菖蒲，堂屋里的粽子，房间里的客人，客人中的那位胖麻太太脸上的厚粉，外加一件外祖母在逼迫我穿的那件崭新的花布衫子。

经过外祖母的训说，我的身上终于剥去了那件又脏又旧的有洞的衣裳，换上了那件新而且花的。换过衣裳之后，外祖母又拿出一样有趣而好看的东西，这是一串用五色丝线缠成的小粽子。这粽子不只外面华彩而好看，并且在粽子里面还包了檀香和沉香一类的东西，因此当你看见它好看的色彩的时候，同时也就闻见了袭人的香气。这些粽子的用处，外祖母说是专门给小孩子们挂在身上的，于是我又在那件花布衣裳的外面挂上了那串小花粽子。挂上小花粽子之后，已经是午饭时刻了。客人们都跟我们一起，坐在堂屋里的一张方桌旁边，开始我们端午节的午餐。午餐当中有些什么菜蔬，我现在已记不清楚，大概总是一些鱼和肉一类的东西。不过在许多食品之外，我记得一种饮料，这饮料便是我后来在许多别的家庭中的端午日子所常见的，那就是雄黄酒。

从那次以后，我记得端午节了，并且年年的端午节总是一样：有客人，粽子，雄黄酒。这样的情景年年继续着，继续了那么多年。但是有一年突然地变了，没有了客人，没有了粽子与雄黄酒，更没有华彩的小丝粽子，乃至于连端午节也没有了，有是有的，是被我忘记了；因为在这一年的春天我的外祖母死去了。

现在又正是有着使人出汗的太阳，在太阳下有着飕飕的凉风的日子；又是逼近端午的日子了。现在市面上已经有了粽子，田野里长着菖蒲和野艾，酒店里满注着陈年的香酒，等待着庆祝端午的人们去添置雄黄。但是我的幼年消失了，也不见了陪伴和抚育我幼年的外祖母！带着昔年的光阴而存在着的，只有一串小丝粽子，这是我的白发的外祖母在她生前的最后一个端午赠给我的。从外祖母死去的那年我就一直保留了这串小丝粽子，我知道在我的一生中是不会再有第二次同样的赠予了。看见小丝粽子，我便追忆起我的外祖母，追忆起我的童年，也追忆起童年时候的端午。

引言

中秋的意义，在我个人看来，吃月饼之重要殆过于看月亮，而还账又过于吃月饼，然则我诚犹未免为乡人也。

中秋的月亮

周作人

敦礼臣著《燕京岁时记》云："京师之曰八月节者，即中秋也。每届中秋，府第朱门皆以月饼果品相馈赠，至十五月圆时，陈瓜果于庭以供月，并祝以毛豆鸡冠花。是时也，皓魄当空，彩云初散，传杯洗盏，儿女喧哗，真所谓佳节也。唯供月时，男子多不叩拜，故京师谚曰，男不拜月，女不祭灶。"

此记作于四十年前，至今风俗似无甚变更，虽民生凋敝，百物较二年前超过五倍，但中秋吃月饼恐怕还不肯放弃，至于赏月则未必有此兴趣了吧。本来举杯邀月这只是文人的雅兴，秋高气爽，月色分外光明，更觉得有意思，特别定这日为佳节，若在民间不见得有多大兴味，大抵就是算账要紧，月饼尚在其次。

我回想乡间一般对于月亮的意见，觉得这与文人学者的颇不相同。普通称月曰月亮婆婆，中秋供素月饼水果及老南瓜，又凉水一碗，妇孺拜毕，以指蘸水涂目，祝曰眼目清凉。相信月中有娑婆树，中秋夜有一枝落下人间，此亦似即所谓月华，但不幸如落在人身上，必成奇疾，或头大如斗，必须断开，乃能取出宝物也。

月亮在天文中本是一种怪物，忽圆忽缺，诸多变异，潮水受它的呼唤，古人又相信其与女人生活有关。更奇的是与精神病者也有微妙的关系，拉丁文便称此病曰月光病，仿佛与日射病可以对比似的。这说法现代医家当然是不承认了，但是我还有点相信，不是说其间隔发作的类似，实在觉得月亮有其可怕的一面，患怔忡的人见了会生影响，正是可能的事吧。

好多年前夜间从东城口家来，路上望见在昏黑的天上，挂着一钩深黄的残月，看去很是凄惨，我想我们现代都市人尚且如此感觉，古时原始生活的人当更如何？住在岩窟之下，遇见这种情景，听着豺狼嗥叫，夜鸟飞鸣，大约没有什么好的心情，——不，即使并无这些禽兽骚扰，单是那月亮的威吓也就够了，它简直是一个妖怪，别的种种异物喜欢在月夜出现，这也只是风云之会，不过跑龙套罢了。

等到月亮渐渐地圆了起来，它的形象也渐和善了，望前后的三天光景几乎是一位富翁的脸，难怪能够得到许多人的喜悦，可是总是有一股冷气，无论如何还是去不掉的。“只恐琼楼玉宇，高处不胜寒”，东坡这句词很能写出明月的精神来，向来传说的钟爱之意究竟是否寄托在内，现在不关重要，可以姑且不谈。

总之我于赏月无甚趣味，赏雪赏雨也是一样，因为对于自然还是畏过于爱，自己不敢相信已能克服了自然，所以有些文明人的享乐是于我颇少缘分的。

中秋的意义，在我个人看来，吃月饼之重要殆过于看月亮，而还账又过于吃月饼，然则我诚犹未免为乡人也。

引言

我小的时候，每于中秋夜，呆坐在楼窗外等看“月华”。若然天上有云雾缭绕，我就替“亮晶晶的月亮”担忧。若然见了鱼鳞似的云彩，我的小心就欣欣怡悦，默祷着月儿快些开花。因为我常听人说只要有“瓦楞”云，就有月华，但在月光放彩以前，我母亲早已逼我去上床，所以月华只是我脑筋里一个不曾实现的想象，直到如今。

印度洋上的秋思

徐志摩

昨夜中秋。黄昏时西天挂下一大帘的云母屏，掩住了落日的光潮，将海天一体化成暗蓝色，寂静得如黑衣尼在圣座前默祷。过了一刻，即听得船梢布篷上窸窸窣窣啜泣起来，低压的云夹着迷蒙的雨色，将海线逼得像湖一般窄，沿边的黑影，也辨认不出是山是云，但涕泪的痕迹，却满布在空中水上。

又是一番秋意！那雨声在急骤之中，有零落萧疏的况味，连着阴沉的气氲，只是在我灵魂的耳畔私语道：“秋！”我原来无欢的心境，抵御不住那样温婉的浸润，也就开放了春夏间所积受的秋思，和此时外来的怨艾构合，产出一个弱的婴儿——“愁”。

天色早已沉黑，雨也已休止。但方才啜泣的云，还疏松地幕在天空，只露着些惨白的微光，预告明月已经装束齐整，专等开幕。同时船烟正在莽莽苍苍地吞吐，筑成一座蟒鳞的长桥，直连及西天尽处，和轮船泛出的一溜翠波白沫，上下对照，留恋西来的踪迹。

北天云幕豁处，一颗鲜翠的明星，喜滋滋地先来问探消息，像新嫁媳的侍婢，也穿扮得遍体光艳。但新娘依然姗姗未出。

我小的时候，每于中秋夜，呆坐在楼窗外等看“月华”。若然天上有云雾缭绕，我就替“亮晶晶的月亮”担忧。若然见了鱼鳞似的云彩，我的小心就欣欣怡悦，默祷着月儿快些开花。因为我常听人说只要有“瓦楞”云，就有月华，但在月光放彩以前，我母亲早已逼我去上床，所以月华只是我脑筋里一个不曾实现的想象，直到如今。

现在天上砌满了瓦楞云彩，霎时间引起了我早年许多有趣的记忆——但我的纯洁的童心，如今哪里去了？

月光有一种神秘的引力。她能使海波咆哮，她能使悲绪生潮。月下的喟息可以结聚成山，月下的情泪可以培畦百亩的畹兰、千茎的紫琳耿。我疑悲哀是人类先天的遗传，否则，何以我们几年不知悲感的时期，有时对着一泻的清辉，也往往凄心滴泪呢？

但我今夜却不曾流泪。不是无泪可滴，也不是文明教育将我最纯洁的本能锄净，却为是感觉了神圣的悲哀，将我理解的好奇心激动，想学契古特白登来解剖这神秘的

"眸冷骨累"。冷的智永远是热的情的死仇，他们不能相容的。

但在这样浪漫的月夜，要来练习冷酷的分析，似乎不近人情！所以我的心机一转，重复将锋快的智刃收起，让沉醉的情泪自然流转，听他产生什么音乐，让缱绻的诗魂漫自低回，看他寻出什么梦境。

明月正在云岩中间，周围有一圈黄色的彩晕，一阵阵的轻霭，在她面前扯过。海上几百道起伏的银沟，一齐在微叱凄其的音节，此外不受清辉的波域，在暗中愤愤涨落，不知是怨是慕。

我一面将自己一部分的情感，看入自然界的现象，一面拿着纸笔，痴望着月彩，想从她明洁的辉光里，看出今夜地面上秋思的痕迹，希冀她们在我心里，凝成高洁情绪的菁华。因为她光明的捷足，今夜遍走天涯，人间的恩怨，哪一件不经过她的慧眼呢?

印度的Ganges（埂奇）河边有一座小村落，村外一个榕绒密绣的湖边，坐着一对情醉的男女，他们中间草地上放着一尊古铜香炉，烧着上品的水息，那温柔婉恋的烟篆，沉馥香浓的热气，便是他们爱感的象征——月光从云端里轻俯下来，在那女子胸前的珠串上，水息的烟尾上，印下一个慈吻，微哂，重复登上她的云艇，向前驶去。

一家别院的楼上，窗帘不曾放下，几枝肥满的桐叶正在玻璃上摇曳逗趣，月光窥见了窗内一张小蚊床上紫纱帐里，安眠着一个安琪儿似的小孩，她轻轻挨进身去，在他温软的眼睫上，嫩桃似的腮上，抚摩了一会儿。又将她银色的纤指，理齐了他齐圆的额发，蔼然微哂着，又回她的云海去了。

一个失望的诗人，坐在河边一块石头上，满面写着忧郁的神情，他爱人的倩影，在他胸中像河水似的流动，他又不能在失望的渣滓里榨出些微甘液，他张开两手，仰着头，让大慈大悲的月光，那时正在过路，洗沐他泪腺湿肿的眼眶，他似乎感觉到清心的安慰，立即摸出一支笔，在白衣襟上写道：

月光，
你是失望儿的乳娘！

面海一座柴屋的窗棂里，望得见屋里的内容：一张小桌上放着半块面包和几条冷肉，晚餐的剩余，窗前几上开着一本家用的《圣经》，炉架上两座点着的烛台，不住地在流泪，旁边坐着一个皱面驼腰的老妇人，两眼半闭不闭地落在伏在她膝上啜泣的一个少妇，她的长裙散在地板上像一只大花蝶。老妇人掉头向窗外望，只见远远海涛起伏，和慈祥的月光在拥抱密吻，她叹了声气向着斜照在《圣经》

上的月彩嗫道：“真绝望了！真绝望了！”

她独自在她精雅的书室里，把灯火一齐熄了，倚在窗口一架藤椅上，月光从东墙肩上斜泻下去，笼住她的全身，在花砖上幻出一个窈窕的倩影，她两根垂辫的发梢，她微淡的唇，和庭前几茎高峙的玉兰花，都在静谧的月色中微颤。她加她的呼吸，吐出一股幽香，不但邻近的花草，连月儿闻了，也禁不住迷醉，她腮边天然的妙窝，已有好几日不圆满：她瘦损了。但她在想什么呢？月光，你能否将我的梦魂带去，放在离她三五尺的玉兰花枝上。

威尔斯西境一座矿床附近，有三个工人，口衔着笨重的烟斗，在月光中间坐。他们所能想到的话都已讲完，但这异样的月彩，在他们对面的松林，左首的溪水上，平添了不可言说的妩媚，唯有他们工余倦极的眼珠不合，彼此不约而同今晚较往常多抽了两斗的烟。但他们矿火熏黑、煤块擦黑的面容，表示他们心灵的薄弱，在享乐烟斗以外，虽经秋月溪声的戟刺，也不能有精美情绪之反感。等月影移西一些，他们默默地扑出了一斗灰，起身进屋，各自登床睡去。月光从屋背飘眼望进去，只见他们都已睡熟。他们即使有梦，也无非矿内矿外的景色！

月光渡过了爱尔兰海峡，爬上海尔佛林的高峰，正对着静默的红潭。潭水凝定得像一大块冰，铁青色。四围斜坦的小峰，全都满铺着蟹青和蛋白色的岩片碎石，一株矮树都没有。沿潭间有些丛草，那全体形势，正像一大青碗，现在满盛了清洁的月辉，静极了，草里不闻虫吟，水里不闻鱼跃，只有石缝里潜涧沥淅之声，断续地作响，仿佛一座大教堂里点着一星小火，益发对照出静穆宁寂的境界。月儿在铁色的潭面上，倦倚了半晌，重复拔起她的银舄，过山去了。

昨天船离了新加坡以后，方向从正东改为东北，所以前几天的船艄正对落日，此后“晚霞的工厂”渐渐移到我们船向的左手来了。

昨夜吃过晚饭上甲板的时候，船右一海银波，在犀利之中涵有幽秘的彩色，凄清的表情，引起了我的凝视。那放银光的圆球正挂在你头上，如其起靠着船头仰望。她今夜并不十分鲜艳，她精圆的芳容上似乎轻笼着一层藕灰色的薄纱，轻漾着一种悲喟的音调，轻染着几痕泪化的雾霭。她并不十分鲜艳，然而她素洁温柔的光线中，犹之少女浅蓝妙眼的斜瞟，犹之春阳融解在山巅白云反映的嫩色，含有不可解的迷力，媚态，世间凡具有感觉性的人，只要承沐着她的清辉，就发生也是不可理解的反应，引起隐复的内心境界的紧张——像琴弦一样——人生最微妙的情绪，戟震生命所蕴藏高洁名贵创现的冲动。有时在心理状态之前，或于同时，撼动躯体的组织，使感觉血液中突起冰流之冰流，嗅神经难禁之酸辛，内藏汹涌之跳动，泪腺之骤热与润湿。那就是秋月兴起的秋思——愁。

昨晚的月色就是秋思的泉源，岂止，直是悲哀幽骚悱怨沉郁的象征，是季候运转的伟剧中最神秘亦最自然的一幕，诗艺界最凄凉亦最微妙的一个消息。

今夜月明人尽望，不知秋思在谁家。

中国字形具有一种独一的妩媚，有几个字的结构，我看来纯是艺术家的匠心，这也是我们国粹之尤粹者之一。譬如“秋”字，已经是一个极美的字形，“愁”字更是文字史上有数的杰作，有石开湖晕、风扫松针的妙处。这一群点画的配置，简直经过柯罗的书篆，米开朗其罗的雕圭 Chopin 的神感；像——用一个科学的比喻——原子的结构，将旋转宇宙的大力收缩成一个无形无踪的电核；这十三笔造成的象征，似乎是宇宙和人生悲惨的现象和经验，吁喟和涕泪，所凝成最纯粹精密的结晶，满充了催迷的秘力。你若然有高蒂闲（Gautier）异超的知感性，定然可以梦到，愁字变形为秋霞黯绿色的通明宝玉，若用银槌轻击之，当吐银色的幽咽电蛇似腾入云天。

我并不是为寻秋意而看月，更不是为觅新愁而访秋月；蓄意沉浸于悲哀的生活，是丹德所不许的。我盖见月而感秋色，因秋窗而拈新愁：人是一簇脆弱而富于反射性的神经！

我重复回到现实的景色，轻裹在云锦之中的秋月，像一个遍体蒙纱的女郎，她那团圆清朗的外貌像新娘，但同时她幂弦的颜色，那是藕灰，她踟蹰的行踵，掩泣的痕迹，又使人疑是送丧的丽姝。所以我曾说：

秋月呀！
我不盼望你团圆。

这是秋月的特色，不论她是悬在落日残照边的新镰，与“黄昏晓”竞艳的眉钩，中霄斗没西陲的金碗，星云参差间的银床，以至一轮腴满的中秋，不论盈昃高下，总在原来澄爽明秋之中，遍洒着一种我只能称之为“悲哀的轻霭”和“传愁的以太”。即使你原来无愁，见此也禁不得沾染那“灰色的音调”，渐渐兴感起来！

秋月呀！
谁禁得起银指尖儿
浪漫地搔爬呵！

不信但看那一海的轻涛，可不是禁不住她玉指的抚摩，在那里低回饮泣呢！就是那：

无聊的云烟，
秋月的美满，
熏暖了飘心冷眼，
也清冷地穿上了轻缟的衣裳，
来参与这
美满的婚姻和丧礼。

引言

因为印象的关系，当我想起故乡的时候，最使我觉得快乐而惆怅的便是中秋节了。

在闽侯县的风俗，像这个中秋节，算是小孩子们一年里最快乐的日子。

中秋节

胡也频

离开我的故乡，到现在，已是足足的七个年头了。在我十四岁至十八岁这四年里面，是安安静静地过着平稳的学校生活，故每年一放暑假，便由天津而上海，而马江，回到家里去了。直到最近的这三年，时间是系在我的脚跟，漂泊去，又漂泊来，总是在渺茫的生活里寻找着理想，不但没有重览故乡的景物，便是弟妹们昔日的形容，在记忆里也不甚清白了；像那不可再得的童时的情趣，更消失尽了！然而既往的梦却终难磨灭，故有时在孤寂的凄清的夜里，受了某种景物的暗示，曾常常想到故乡，及故乡的一切。

因为印象的关系，当我想起故乡的时候，最使我觉得快乐而惆怅的便是中秋节了。

在闽侯县的风俗，像这个中秋节，算是小孩子们一年里最快乐的日子。差不多较不贫穷的家里，一到了八月初九，至迟也不过初十这一天，在大堂或客厅里，便用了桌子或木板搭成梯子似的阶梯，一层一层地铺着极美观的毯子，上面摆满着瓷的、瓦的、泥的许多许多关于中国历史上和传说里面的人物，以及细巧精致的古董，玩具——这种的名称就叫作“排塔”。

说到塔，我又记起十年前的事了：那一年，在许多表姊妹表兄弟的家里，都没有我的那个塔高大和美了。这个塔，是我的外祖母买给我们的，她是定做下来，所以别人临时都买不到：因此，这一个中秋节，许多表姊妹表兄弟都到我家里来，其中尤其是蒂表妹喜欢得厉害，她老是用她那一双圆圆清澈的眼睛，瞧着塔上那个红葫芦，现着不尽羡慕和爱惜的意思。

“老看干吗？只是一个葫芦！”我的蓉弟是被大人们认为十分淘气的，他看见蒂表妹那样呆呆地瞧着，便这样说。

“我家里也有呢！”她做出不屑的神气。

“你家里的没有这个大，高，美！”

“还我栗子！都不同你好了！”蒂表妹觉得自己的塔确是没有这个好，便由羞成怒了。

“在肚子里，你能拿去吗？”蓉弟歪着头噘嘴说，“不同我好？你也还我‘扳不倒儿’！”

于是这两个人便拌起嘴来了。

母亲因为表姊妹表兄弟聚在一起，年龄又都是在十岁左右，恐怕他们闹事，故常常关心着。这时，她听见蓉弟和蒂表妹争执，便自己跑出来，解分了，但蒂表妹却依在母亲身旁，默默地哭着。

“舅妈明年也照样买一个给你。”母亲安慰她。

“还要大！”蒂表妹打断母亲的话，说着，便眼泪盈盈地笑了。

我因为一心只想到北后街黄伯伯家里去看鳌山，对于这个家里的塔很是淡漠，所以说：

“你如喜欢你就拿去好了，蒂妹！”

她惊喜地望着我笑。

“是你一个人的吗！”然而蓉弟又不平了，“是大家的，想一个人做人情，行吗？吓！”

“行！”我用哥哥的口气想压住他。

“不行！”他反抗着。

母亲又为难了，她说：

“得啦！过节拌嘴要不得。我们赶快预备看鳌山去吧。”

“看鳌山？”蓉弟似乎很喜欢，把拌嘴的事情都忘却了。“大家都去吗？”他接着问。

“拌嘴的不准去。”

“我只是逗你玩的，谁和谁拌嘴？”蓉弟赶紧去拉蒂表妹的手。

“不同你好！”她还生气着。

“同我好吗？”我问。

她没有答应，便走过来，于是我们牵着手，到我的小书房里面去了。

在表姊妹中，我曾用我的眼光去细细地评判，得到以下的结论：

黎表姊太老实，古板，没有趣味；

芝表姊太滑头，喜欢愚弄人，不真挚；

梅表妹什么都好了，可惜头上长满癞疮；

辉表妹真活泼，娇憨，美丽，但年纪太小，合不来！

只有蒂表妹……我没有什么可说了。

这时候我和她牵着手到书房里，而且又在母亲和蓉弟面前默默地承认同我好，心里更充满着荣幸的愉快了。我拿出许多私有的食品给她，要她吃，并送她几张关于耶稣的画片。末了还应许她到西湖去，住在她家里。她说：

“你同我好是真的吗？萱哥！”

“骗你就是癞狗！”

“怕舅舅和舅妈不准你去我家里吧？”

“那不要紧！你说是姑妈要，还怕什么？”

“那么你读书呢？”

“念书？”这可使我踌躇了。因为那个举人先生，讨嫌极了，一天到晚都不准我离开桌子，限定背三本《幼学琼林》《唐诗》《左传句解》，和念一本《告子》注，以及作一篇一百字的文章，默写一篇四百字的小楷，模写一张四方格的大字，真使我连吃饭和上厕所的时候都诅他；然而他依样康健，依样用两寸多长的指甲抓他的脚，头，耳朵，和哭丧着脸哑哑地哼着“落霞与孤鹜齐飞，秋水共长天一色！”……有时瞌睡来了，便因了一根纸捻放到鼻孔里旋转着，打着“汽，汽”的喷嚏，将鼻涕溅散到桌子上，又拍一下板子说：

“念呀……”

他的脸……

“你怎么不说话呢？”蒂表妹突然推一下我的手腕，说。

“念书可就不好办了！”我皱着眉头。

“不管他——鬼先生——不成吗？”

“不成。”

我们于是都沉默着。

经过了半点多钟，表姊妹表兄弟们便跑进来了，嘻嘻哈哈地，现着极快乐的样子。

“我们马上就看鳌山去了！”宾表哥说。

“你不去吗？蒂妹！”黎表姊接着问。

“我不想去了。”蒂表妹没有说什么，我便答道：“你们去好了。”

“又不是问你！”蓉弟带着不平讽刺的意思。

“不准你说话！”我真有点生气了。

幸得母亲这时候走进来，她似乎还不曾听见我和蓉弟的争执，只问我：

“萱儿！你在这里做什么？”

我摇一下头，表示没有做什么事。

母亲便接着说：

“看鳌山去吧。”

“我不去。”

“为什么呢？”

“不为什么。”

“那么，”母亲向着蒂表妹说，“你去吧。”

“我也不去。”蒂表妹回答。

“也好。你们好好地玩，不要拌嘴。”

于是母亲领着表姊妹表兄弟们走了。

看鳌山，这是我在许多日以前便深深地记在心上的事，但现在既到了可看的时候，又不想去，自然是因为蒂表妹的缘故了。

“你真的不想去看鳌山吗？”母亲都走去很久了，她又问。

“同你好，还看鳌山好吗？”

她笑了。

天色虽是到了薄暮时候，乌鸦和燕子一群群地旋飞着，阳光无力地照在树梢，房子里面很暗淡了，但我隔着书桌看着她的笑脸，却是非常的明媚，艳冶，海棠似的。

“只是蒂表妹……我没有什么可说了。”我又默默地想着在表姊妹们里所得的结论。我便走近她身边去，将我的手给她。

“做什么呢？”她看见我的手伸过去，便说。

“给你。”

“给我做什么呢？”她又问。

“给你就是了。”我的手便放在她的手上。

“你真的同我好呀！”她低声地说。

“谁说不是？”

“也学舅舅同舅妈那样的好吗？”

“是吧？”我有点犹豫着。

“舅舅同舅妈全不拌嘴，这是妈告诉我的。”

“我们也全不拌嘴。”我接着说。

“这样就是舅舅同舅妈那样的好了。”

“那你还得给我亲嘴。”

“亲嘴做什么呢？”

“你不是说我们像舅舅同舅妈那样的好吗？舅妈常常给舅舅亲嘴的，我在白天和夜里都瞧见。”

“是真的吗？”

“骗你就算是癞狗！”

“那……那你就……”

她斜过脸来，嘴唇便轻轻地吻上了。

明透了的月亮，照在庭院里，将花架旁边的竹林，疏疏稀稀地映到玻璃窗上，有时因微风流荡过去，竹影还摇动着。我和蒂表妹默默地挨着，低声地说着端午节的龙舟，西湖的彩船，和重九登高放纸鸢，以及赌纸蛤蟆，踢毽子……说到高兴了，便都愿意的，又轻轻地亲一下嘴。

“你看！那是两个还是一个？”当我们的脸儿偎着，她指那窗上的影儿，说。

“两个。”我仰起头去，回答她。

“是一个。”她又把我的脸儿偎近去。

“真是一个！”这时我的头不仰起去了。

“好玩！……”她快乐极了，将我的脸儿偎得紧紧地，眼睛斜睇着窗上。

我们这样有意思地玩着，大约只有一点多钟，母亲和表姊妹表兄弟们都回来了。蓉弟便自夸地在我和蒂表妹面前说：

“鳌山真好，好极了！龙吐水，还有……还有……吓！龙吐水！”

黎表姊也快乐地说：

“种田的，挖菜的，踏水车的……全是活动的，真好看！”

“你喜欢看鳌山吗？”我偷偷地问蒂表妹。

她摇一下头，又噘一下嘴，便也低声地问我：“你呢？”

“我也不。”

不久，我们都到大天井里，吃水果、月饼，喝葡萄酒，并赏月去了。

母亲伴着我们这一群小孩子玩着，猜谜的猜谜，唱歌的唱歌；其中只有蓉弟最贪吃，而且喝了三四杯酒，脸儿通红了，眼睛呆呆地看人，一会儿他便醉了，哭着。

“醉得好！”我和蒂表妹同样地快乐着。

这样到露水很浓重的时候，母亲才打发我们睡去。因为，我的身体虚弱，虽是年纪已到十岁了，却还常常尿床，所以我的乳妈（其实早就没有吃她的乳了）固执地不要我和蒂表妹在客厅里睡，把我拖到她的房子里去了。

“老狗子！”我恨恨地骂我的乳妈。

“好好地睡吧。不久天就会亮了，再玩去。”

“可恶的老狗子。”我想着，便蒙眬了。

第二天我醒来后，跑到客厅里一看，蒂表妹和其他的表姊妹表兄弟通通回家去了……

真的，自那一年到现在，转瞬般已是十年的时间了，我从没有再过个像那样的中秋节，并且最近这三个中秋节还是在我不知月日的生活里悄悄地度过去。表兄弟们呢，早就为了人类间的壁垒，隔绝着；表姊中有的已做过母亲了，但表妹们总该有女孩子的吧。唯愿她们不像我这样的已走到秋天的路上！至于那个塔，是否还安放在楼上的木箱里，每年在八月初旬由小弟妹们拿出摆在大堂上最高的层级上，也不可知了。送这个塔给我们的外祖母还康健着吗？故乡的一切却真是值得眷念的事！

引言

中秋夜——算是每年颇足注意的一夜吧——适值雨天。入夜时雨止了，但乌云仍把应该明亮的月掩住。在寝室太静了，我又出去跑到城里看人家有什么热闹。微雨中，我扯起外衣的领，踏着泥泞的路，一步步地跑回学校来之时，自己也不认识自己。

中秋夜之雨

梁得所

初到山东念书的时候，言语既不十分通，熟的同学也不多；我于是如守日常课程一般，每晚吃过馒头之后，信步出校外逛逛，有时逛到万家灯火，经过城门要被守门的兵盘问几句。

这些傍晚的散步，曾给我几个印象。

初秋的一晚——虽然并不是清明，但该处风俗定那天扫墓的——跑到多人与多坟聚拢的郊外，看见大人牵着小孩子，少妇扶着老婆婆，带了香烛找着他们认识的坟墓。黄昏与黑夜接近时，扶老携幼的人们又渐渐散了。一阵悲壮的军角声，远远地从城里乘风吹送过来，刹那间，我感觉宇宙之茫然，与人生之怅惘。

另一晚，经过一条冷静的街道，在青白的灯光之下，看见一个老人坐在阶前啜泣。那是我忘不掉的一幅画，那是我述不出的小说。我想，自从古时洪水之后，娜亚的子孙自作聪明要筑一座高塔来避天灾，上帝罚他们言语不能互通，于是人与人之间多一种隔膜。可是，言语虽各处不同，但流泪是从心里说出来的世界语，谁也应该听得懂。只是那老人，心里难过的是什么事情，我没有问他——因这几年来，我渐渐懂得一点世事，知道悲哀的人，世上不知多少！怎能逐一去问？

中秋夜——算是每年颇足注意的一夜吧——适值雨天。入夜时雨止了，但乌云仍把应该明亮的月掩住。在寝室太静了，我又出去跑到城里看人家有什么热闹。微雨中，我扯起外衣的领，踏着泥泞的路，一步步地跑回学校来之时，自己也不认识自己。

一步步走着时，脑中联想到诗人朗法露的 Rainy day，他那诗的大意是说人的心情仿佛天气一般阴晴无定，而我们须知雨天黑云之上，仍有太阳照晒着……是的，中秋夜原本有光明月亮，不过荫翳的云把她掩住罢了！

我又回忆起黄昏郊外的扫墓者，和在冷静阶前啜泣的老人。我觉得自己素日是一个乐天主义者，怎的近来每每感到无涯的怅惘？我又联想到冰心女士一首诗："我的心啊，昨天你告诉我世界是充满快乐的，今天你又告诉我世界是充满悲哀的。叫我怎能信你？"

微雨中，扯起外衣的领，踏着泥泞的路，一步步地走着。

人生的彷徨，孤独，与寂寞，只有感到之时才能感到。

引言

三年过去了，现在我认识的是新人，可是他也和我一样穷困，使我记起三年前的中秋节来。

中秋节

萧　红

记得青野送来一大瓶酒，董醉倒在地下，剩我自己也没得吃月饼。小屋寂寞的，我读着诗篇，自己过个中秋节。

我想到这里，我不愿再想，望着四面清冷的壁，望着窗外的天。云侧倒在床上，看一本书，一页，两页，许多页，不愿看。那么我听着桌子上的表，看着瓶里不知名的野花，我睡了。

那不是青野吗？带着枫叶进城来，在床沿大家默坐着。枫叶插在瓶里，放在桌上，后来枫叶干了坐在院心。常常有东西落在头上，啊，小圆枣滚在墙根外。枣树的命运渐渐完结着。晨间学校打钟了，正是上学的时候，梗妈穿起棉袄打着喷嚏在扫偎在墙根哭泣的落叶，我也打着喷嚏。梗妈捏了我的衣裳说："九月时节穿单衣服，怕是害凉。"

董从他房里跑出，叫我多穿件衣服。

我不肯，经过阴凉的街道走进校门。在课室里可望到窗外黄叶的芭蕉。同学们一个跟着一个地向我问：

"你真耐冷，还穿单衣。"

"你的脸为什么紫色呢？"

“倒是关外人……”

她们说着，拿女人专有的眼神闪视。

到晚间，喷嚏打得越多，头痛，两天不到校。上了几天课，又是两天不到校。

森森的天气紧逼着我，好像秋风逼着黄叶样，新历一月一日降雪了，我打起寒战。开了门望一望雪天，呀！我的衣裳薄得透明了，结了冰般地。跑回床上，床也结了冰般地。我在床上等着董哥，等得太阳偏西，董哥偏不回来。向梗妈借十个大铜板，于是吃烧饼和油条。

青野踏着白雪进城来，坐在椅间，他问：“绿叶怎么不起呢？”

梗妈说：“一天没起，没上学，可是董先生也出去一天了。”

青野穿的学生服，他摇摇头，又看了自己有洞的鞋底，走过来他站在床边又问：“头痛不？”把手放在我头上试热。

说完话他去了，可是太阳快落时，他又回转来。董和我都在猜想。他把两元钱放在梗妈手里，一会儿就是门外送煤的小车子哗铃地响，又一会儿小煤炉在地心红着。同时，青野的被子进了当铺，从那夜起，他的被子没有了，盖着褥子睡。

这已往的事，在梦里关不住了。

门响，我知道是三郎回来了，我望了望他，我又回到梦中。可是他在叫我：“起来吧，悄悄，我们到朋友家去吃月饼。”

他的声音使我心酸，我知道今晚连买米的钱都没有，所以起来了，去到朋友家吃月饼。人嚣着，经过菜市，也经过睡在路侧的僵尸，酒醉得晕晕的，走回家来，两人就睡在清凉的夜里。

三年过去了，现在我认识的是新人，可是他也和我一样穷困，使我记起三年前的中秋节来。

引言

有多少对情人今夜约定在月下相会，有多少只歌曲在今夜唱出，多少个国度的青年今夜在首都和我们一起分享这种和平的快乐。还有当代的李斯特——李赫特尔也在今夜为首都人民演奏，这使我们的幸福上面再加一层亘古常青的友谊，这就更加幸福！

月亮最圆的时候

端木蕻良

白露无生田，今天是白露又是中秋。

高粱正晒红米，棉桃可以摘了。酒店里在半月前已经卖盐渍毛豆下酒。鸡头米菱角莲蓬的昂市早已过去，鲜榛子、鲜核桃刚刚上市。

半月农情说到今年是个丰收年。有多少顷田，在新疆，是千斤以上的棉田；有多少顷田，在江南，是千斤以上的稻田。这在我们开始农业合作化的时候，还是理想，是许多人不相信的神话。而在今天，一九五七年的白露，这已是平常的事情了。过去我们一直以为，我们中国没有石油矿，蕴铁量和藏煤量都不高。这是谁造出来的谰言，在今天是很容易辨别了。他们的意思，不外是，你们没有工业化的条件，农业也落后，还要安贫知命的好。但是我们祖国的煤铁用自己的蕴藏量和开采量粉碎了这些谰言。克拉玛依竖井昼夜不息地喷射出石油来，给祖国输送了新的血液。骆驼毛驴的黄金时代已经过去了，木牛流马的传说已经不算稀奇。在山西，国营煤矿，八月份超产原煤九万五千多吨；在唐山，八月份，增产五百吨钢锭；在首都，石景山钢铁厂青年高炉工人在十三天内就超产了三百三十多吨生铁。

这是美丽的节日、收获的节日。我们的民族多么富于想象力，多么懂得过生活。我们这一代子孙就在这一年中最美丽的一天里加进崭新的内容去。在三门峡开凿的时候，巫山的神女腾地惊诧这世界两样了，今晚该轮到嫦娥吃惊了。

她从远古就熟悉这古老的中国，她曾照过永定河边的白骨，她从未看见今天静静的永定河安详地向首都输送着清水。她曾照过诗人哀叹过的蓝关秦岭，但从未见过在今天我们生物地理考察队，正在海拔三千多公尺的秦岭上面搜集着植物，而且发现了大理岩石。她曾照见过塞外高原，但从未见过有这样多的羊群这么肥美结实。她曾照见过去多少次松花江发水，但从未见过在洪水里发电厂还在安全发电，松花江的洪峰一直不能冲过堤岸。她曾照过滚滚东逝的长江，但曾几何时这里就架起了一条万盏灯火齐明的长桥，要和星月争辉！她曾照见过东方的碧海，那些战士正在忠勇捍卫着祖国的海岸彻夜不眠。这一切的一切，都不能不使嫦娥诧异了。

这一年中最美的一天。

一年好景君须记，
最是橙黄橘绿时！

这使人难忘的一天，这使人难忘的白天和夜晚。这一天月亮最圆，这一天天空最清。嫦娥照过北京城多少代，城墙上每个城垛她都熟悉，每个城垛上的每根草她都记得。但是她从未见过北京城有八年来这等欢乐。从哈密运来哈密瓜，从兰州运来西瓜、白兰瓜。现在是从公路上运来，所以运来最方便。从山东来了莱阳梨、肥城桃。吐鲁番的葡萄，沙营的葡萄，西山玫瑰香葡萄，马奶葡萄，都已上市。沙田柚子已经装车，正向北京出发。黄河活鲤鱼昨天开秤。天津对虾用冷藏车运来。猪肉、牛羊肉就不用提了。上海雪里蕻、宣威火腿、西湖龙井、燕窝、鱼翅、紫菜、白蘑、银鱼、冰蟹，应有尽有。月饼更是出奇，苏州月饼、广东月饼、自来红、自来白、上海小翻毛月饼，按照每人半斤还要多，色色坐齐，随意挑选。酒有泸州大曲、贵州茅台、青岛张裕葡萄酒、杏花村汾酒、远年陈绍、金奖白兰地、西凤酒、樱桃白兰地、杜松子酒、东北山葡萄酒、五星黑啤酒、枣子酒、果子酒、五加皮酒、青梅煮酒、玉冰烧、绿豆烧、三花酒、蛤蚧酒，简直数不清说不完。像一树灯笼的柿子也赶上今天熟了。还有米菱角也在街头出现。沙果、棠梨、朝鲜苹果，还有奈子秋果都成筐成笼地堆得像小山，倾泻得像流水。

有多少人在买呀，他们都是自食其力的人，所以每个人脸上都挂着笑。最大的桃子一个有半斤重。元帅苹果一个也有半斤重。多么大的西瓜，一担子只能挑走两个。说也奇怪，在往年，到中秋西瓜便成了稀货，可是现在还满街都是呢！

月亮照遍四方。过去她照过饥饿和哭泣，现在她照着欢乐和丰收。她照见吉林人工饲养的鹿群，照见青海边的钻井，照见城口县丰收着生漆，照见平顺李顺达合作社的花椒树，照见靠近渤海的几个农业社种植了近一万亩多穗高粱已经灌了饱浆（看光景比往年可以多产五百万斤），照见襄阳芝麻大面积空前的多产，照见我们沿海的渔船正在出海，照见我们的捕鲸船已经返航，照见我们第一个天文馆正忙着开幕。

有多少对情人今夜约定在月下相会，有多少支歌曲在今夜唱出，多少个国度的青年今夜在首都和我们一起分享这种和平的快乐。还有当代的李斯特——李赫特尔也在今夜为首都人民演奏，这使我们的幸福上面再加一层亘古常青的友谊，这就更加幸福！

此曲只应天上有，
人间能得几回闻！

可珍贵的友谊啊！

无线电把它传送到三门峡的帐篷里，克拉玛依的竖井旁，塞外的牧场上，长江的铁桥头，北海的游船上，茶淀的农场上……到处都可以听见。

桂花开了，胜芳螃蟹正肥。酒香大街连着长巷，喧腾的鼓声四下里响着。每个公园里都有赏月会，河灯照耀，烟火齐明。每个湖里都有游艇，每只游艇都有歌声。

白露无生田，今天又是中秋，是月亮最圆的时候，是六万万人口的大家庭团圆的日子……

此夜清光无限，
人间天上团圞！

引言

从汉代以来，清明上巳一向是人民春季郊游的节日，重阳是人民秋季郊游的节日。我们今天还保留着清明郊游的习俗，但重阳这一个秋游的节日却非常冷落了，这或许是由于清明节正当春假期间，而重阳节却不放假的缘故。但另外或许还有别的理由。

闲话重阳

施蛰存

今天是阴历九月九日，也就是重阳佳节。从汉代以来，清明上巳一向是人民春季郊游的节日，重阳是人民秋季郊游的节日。我们今天还保留着清明郊游的习俗，但重阳这一个秋游的节日却非常冷落了，这或许是由于清明节正当春假期间，而重阳节却不放假的缘故。但另外或许还有别的理由。

《续齐谐记》里有一个故事：“汝南桓景随费长房游学累年，长房因语景曰，九月九日，汝家当有灾厄，宜急去，令家人各作绛囊，盛茱萸以系臂，登高，饮菊花酒，祸乃可消。景如其言，举家登山。夕还，见鸡犬牛羊，一时暴死。长房闻之曰：‘此可以代之矣。’今世人九日登高饮酒，妇人戴茱萸囊，因此也。”这是用神话故事来解释一种民俗的起源，有好处也有坏处，好处是它利用迷信来把这种风俗维持到很长一个时期，坏处是当人民不再迷信的时候，这种风俗也就跟着衰歇了。

登高，饮菊花酒，戴茱萸囊，大概是汉魏六朝时代人民在重阳节郊游时的主要项目。吃重阳糕这一件事，恐怕是起于唐代的。至于持螯赏菊，开宴吟诗，那是唐宋以后少数人的“雅事”，而不是人民大众的娱乐了。

记得小时候，每逢重阳节，市上总有得卖重阳糕。这重阳糕虽然据古书上的记载，有各种非常考究的做法，但在我们小城市里所能吃到的实在只是普通的糯米白糖糕。加上猪油和洗沙的，已经是最名贵的了。我固然爱吃糕，但尤其喜爱的却是糕上插的旗。重阳糕与平时卖的糕本来没有什么不同，唯一的特点就是重阳糕上有旗。这些三角形的镂花彩纸旗，曾经是我幼小时候的恩物，玩过中秋节斗香上的彩旗之后，就巴望着玩重阳旗了。

过了玩彩旗的年龄，我才理解到重阳节的娱乐主要是登高。在我们小城里，最高的地方是一座古塔，因而我曾有过三四年，每逢重阳节总得邀几个同学一起去爬塔，看看城郊景色，确是比玩纸旗有意义得多。不过城里的人对登高这件事似乎并没有兴趣，大家尽管都知道重阳是登高佳节，可是真正来实行登高的，却只有我们这几个好事的中学生，因而我们总不免感到一些寂寞。

及至读到唐诗，才知道重阳节还有一个重要的项目，叫作插茱萸。王维诗曰：“独在异乡为异客，每逢佳节倍思亲。遥知兄弟登高处，遍插茱萸少一人。”这首诗现在初中一年级学生就能读到了，但我却在十七八岁时才读到。茱萸是哪一种花木，我到今天也还不知道。现在文学课本上的注，也只说是“一种植物”，没说明到底是哪一种植物，也没有说明这种植物怎样插法。我当年读这一首诗时，有一个很天真的体会，以为茱萸是一种草本或木本的植物，每逢重阳节，家家都仿清明植树之例，每人该种一株。王维因为自己在异乡作客，因而想到家里今年少一个人种茱萸了。这种想法，不是毫无根据，可以说是从这句诗的文字上直觉得来的。即如现在初中文学课本上的注释，也还把这两句诗解作：“今天我在远处想到你们在登高，个个应景插茱萸……”底下又注释道：“古代习俗，九月九日要登高，要插茱萸，据说插茱萸能避灾疫。”关于茱萸怎样插法，也没有说明白，恐怕有不少中学生会像我一样，把它想象做清明植树、重阳植茱萸呢。

根据《续齐谐记》所说，桓景一家人的手臂上都挂一个红绸袋，袋里装满了茱萸。可是到了齐梁时候，似乎只有妇人才佩这种茱萸囊，而不是人人都得挂了。到了唐代，这风俗似乎又恢复到东汉时代的办法，一家人都和茱萸发生关系，不过不是手臂上挂茱萸袋，而是插茱萸了。到底插在什么地方呢？查李白诗曰：“九日茱萸熟，插鬓伤早白。”朱熹词曰：“况有紫萸黄菊，堪插满头归。”原来是插在鬓边或头上。这样才明白了王维的诗，同时也明白了唐代的风俗。到了重阳节，每人头上都得插戴些茱萸，并不是集体植树之意也。

不过疑问还有。到底这插戴的茱萸是花呢，是叶呢，还是果实，在唐代人的诗词中还看不出来。查《图经本草》云：“吴茱萸今处处有之，江浙蜀汉尤多。木高丈余，皮青绿色；叶似椿而阔浓，紫色；三月开花，红紫色；七月八月结实，似椒子，嫩时微黄，至成熟则深紫。”又《风土记》曰：“俗尚九月九日，谓之上九，茱萸到此日成熟，气烈色赤，争折其房以插头。”这样看来，插头的原来是茱萸子，或者说是球果，绝不可能是花也。遗憾的是，唐宋人既说这种植物是“处处有之，江浙蜀汉尤多”，而我却至今还不认得，真该为“儒者所耻”了。

引言

每年到了旧历九月初九日，是所谓重阳节，是登高的好日子。这个节日来源很古，可能已有几千年的历史。

九月九庙会

季羡林

每年到了旧历九月初九日，是所谓重阳节，是登高的好日子。这个节日来源很古，可能已有几千年的历史。济南的重阳节庙会（实际上是并没有庙，姑妄随俗称之）是在南圩子门外大片空地上，西边一直到山水沟。每年，进入夏历九月不久，就有从全省一些地方，甚至全国一些地方来的艺人会聚此地，有马戏团、杂技团、地方剧团、变戏法的、练武术的、说山东快书的、玩猴的、耍狗熊的，等等，应有尽有。他们各圈地搭席棚围起来，留一出入口，卖门票收钱。规模大小不同，席棚也就有大有小，总数至少有几十座。在夜里有没有“夜深千帐灯”的气派，我没有看到过，不敢瞎说，反正白天看上去，方圆几十里，颇有点动人的气势。再加上临时赶来的卖米粉、炸丸子和豆腐脑等的担子，卖花生和糖果的摊子，特别显眼的柿子摊——柿子是南山特产，个大色黄，非常吸引人——这一切混合起来，形成了一种人声嘈杂、歌吹沸天的气势，仿佛能南摇千佛山、北震大明湖、声撼济南城了。

我们的学校，同庙会仅一墙（圩子墙）之隔，会上的声音依稀可闻。我们这些顽皮的孩子能安心上课吗？即使勉强坐在那里，也是身在课堂心在会。因此，一有机会，我们就溜出学校，又嫌走圩子门太远，便就近爬过圩子墙，飞奔到庙会上，一睹为快。席棚很多，我们先拣大的去看。我们谁身上也没有一文钱，门票买不起。好在我们都是三块豆腐干高的小孩子，混在购票观众中挤进去，也并不难。进去以后，就成了我们的天地，不管要的是什么，我们总要看个够。看完了，走出来，再钻另外一个棚，几乎没有钻不进去的。实在钻不进去，就绕棚一周，看看哪一个地方有小洞，我们就透过小洞往里面看，也要看个够。在十几天的庙会中，我们钻遍了大大小小的棚，对整个庙会一览无余，一文钱也没有掏过。可是，对那些卖吃食的摊子和担子，则没法钻空子，只好口流涎水，望望然而去之。虽然不无遗憾，也只能忍气吞声了。

引言

孩子们所盼望的，过年过节之外，大概要数迎神赛会的时候了。但我家的所在很偏僻，待到赛会的行列经过时，一定已在下午，仪仗之类，也减而又减，所剩的极其寥寥。

五猖会

鲁 迅

孩子们所盼望的，过年过节之外，大概要数迎神赛会的时候了。但我家的所在很偏僻，待到赛会的行列经过时，一定已在下午，仪仗之类，也减而又减，所剩的极其寥寥。往往伸着颈子等候多时，却只见十几个人抬着一个金脸或蓝脸红脸的神像匆匆地跑过去。于是，完了。

我常存着这样的一个希望：这一次所见的赛会，比前一次繁盛些。可是结果总是一个“差不多”；也总是只留下一个纪念品，就是当神像还未抬过之前，花一文钱买下的，用一点烂泥，一点颜色纸，一支竹签和两三支鸡毛所做的，吹起来会发出一种刺耳的声音的哨子，叫作“吹都都”的，吡吡地吹它两三天。

现在看看《陶庵梦忆》，觉得那时的赛会，真是豪奢极了，虽然明人的文章，怕难免有些夸大。因为祷雨而迎龙王，现在也还有的，但办法却已经很简单，不过是十多人盘旋着一条龙，以及村童们扮些海鬼。那时却还要扮故事，而且实在奇拔得可观。他记扮《水浒传》中人物云："……于是分头四出，寻黑矮汉，寻梢长大汉，寻头陀，寻胖大和尚，寻茁壮妇人，寻姣长妇人，寻青面，寻歪头，寻赤须，寻美髯，寻黑大汉，寻赤脸长须。大索城中；无，则之郭，之村，之山僻，之邻府州县。用重价聘之，得三十六人，梁山泊好汉，个个呵活，臻臻至至，人马称娖而行……"这样的白描的活古人，谁能不动一看的雅兴呢？可惜这种盛举，早已和明社一同消灭了。

赛会虽然不像现在上海的旗袍，北京的谈国事，为当局所禁止，然而妇孺们是不许看的，读书人即所谓士子，也大抵不肯赶去看。只有游手好闲的闲人，这才跑到庙前或衙门前去看热闹；我关于赛会的知识，多半是从他们的叙述上得来的，并非考据家所贵重的"眼学"。然而记得有一回，也亲见过较盛的赛会。开首是一个孩子骑马先来，称为"塘报"；过了许久，"高照"到了，长竹竿揭起一条很长的旗，一个汗流浃背的胖大汉用两手托着；他高兴的时候，就肯将竿头放在头顶或牙齿上，甚而至于鼻尖。其次是所谓"高跷""抬阁""马头"了；还有扮犯人的，红衣枷锁，内中也有孩子。我那时觉得这些都是有光荣的事业，与闻其事的即全是大有运气的人，——大概羡慕他们的出风头吧。我想，我为什么不生一场重病，使我的母亲也好到庙里去许下一个"扮犯人"的心愿的呢？……然而我到现在终于没有和赛会发生关系过。

要到东关看五猖会去了。这是我儿时所罕逢的一件盛事，因为那会是全县中最盛的会，东关又是离我家很远的地方，出城还有六十多里水路，在那里有两座特别的庙。一是梅姑庙，就是《聊斋志异》所记，室女守节，死后成神，却篡取别人的丈夫的；现在神座上确塑着一对少年男女，眉开眼笑，殊与“礼教”有妨。其一便是五猖庙了，名目就奇特。据有考据癖的人说：这就是五通神。然而也并无确据。神像是五个男人，也不见有什么猖獗之状；后面列坐着五位太太，却并不“分坐”，远不及北京戏园里界限之谨严。其实呢，这也是殊与“礼教”有妨的，——但他们既然是五猖，便也无法可想，而且自然也就“又作别论”了。

因为东关离城远，大清早大家就起来。昨夜预定好的三道明瓦窗的大船，已经泊在河埠头，船椅、饭菜、茶炊、点心盒子，都在陆续搬下去了。我笑着跳着，催他们要搬得快。忽然，工人的脸色很谨肃了，我知道有些蹊跷，四面一看，父亲就站在我背后。

“去拿你的书来。”他慢慢地说。

这所谓“书”，是指我开蒙时候所读的《鉴略》。因为我再没有第二本了。我们那里上学的岁数是多拣单数的，所以这使我记住我其时是七岁。

我忐忑着，拿了书来了。他使我同坐在堂中央的桌子前，教我一句一句地读下去。我担着心，一句一句地读下去。

两句一行，大约读了二三十行吧，他说：——

“给我读熟。背不出，就不准去看会。”

他说完，便站起来，走进房里去了。

我似乎从头上浇了一盆冷水。但是，有什么法子呢？自然是读着，读着，强记着，——而且要背出来。

粤有盘古，生于太荒，

首出御世，肇开混茫。

就是这样的书，我现在只记得前四句，别的都忘却了；那时所强记的二三十行，自然也一齐忘却在里面了。记得那时听人说，读《鉴略》比读《千字文》《百家姓》有用得多，因为可以知道从古到今的大概。知道从古到今的大概，那当然是很好的，然而我一字也不懂。“粤有盘古”就是“粤有盘古”，读下去，记住它，“粤有盘古”呵！“生于太荒”呵！……

应用的物件已经搬完，家中由忙乱转成静肃了。朝阳照着西墙，天气很晴朗。母亲、工人、长妈妈即阿长，都无法营救，只默默地静候着我读熟，而且背出来。在百静中，我似乎头里要伸出许多铁钳，将什么“生于太荒”之流夹住；也听到自己急急诵读的声音发着抖，仿佛深秋的蟋蟀，在夜中鸣叫似的。

他们都等候着；太阳也升得更高了。

我忽然似乎已经很有把握，便即站了起来，拿书走进父亲的书房，一气背将下去，梦似的就背完了。

“不错。去吧。”父亲点着头，说。

大家同时活动起来，脸上都露出笑容，向河埠走去。工人将我高高地抱起，仿佛在祝贺我的成功一般，快步走在最前头。

我却并没有他们那么高兴。开船以后，水路中的风景，盒子里的点心，以及到了东关的五猖会的热闹，对于我似乎都没有什么大意思。

直到现在，别的完全忘却，不留一点痕迹了，只有背诵《鉴略》这一段，却还分明如昨日事。

我至今一想起，还诧异我的父亲何以要在那时候叫我来背书。

引言

谁跑得快呢，都那么一朵花儿似的年纪，有着满心的幸福和辽阔的前途。孩子们一阵风跑去，带去了快乐，落下一阵足音，还落下空荡荡一街的凄惶和寂寞。

盂兰夜

师　陀

穿过街和街，人乏了。街引着无归意的人，是那样的长。

“哪儿去呢？”

并非问谁，因为不曾停住步，因为是只有一个人。

天早已入夜，银的琵琶在树梢弹奏；谁家的寡妇，她是如此年轻——低低地吟哦，一阕塞外人家的秋风曲，却没有人能辨识她是唱歌或是泣咽。那声音，透过厚厚的墙，矮矮的家屋，落向茵茵的草地，行人的脚边，忘归的人的心。

风偷偷依人怀抱，又轻轻摸过人的脸，像初识风情的女郎。槐树的叶，闪着乌溜溜的眼，发出叹息似的絮聒。梓楸却摇了摇大的耳朵。街上正经过一盏盏的灯笼；谁家的孩子，又是谁家的灯——蓝的，红的，莲花的，柿子的，晃晃地来，又晃晃地去。

“六儿，您的干吗不红啊？”一个孩子说。

“你那个就长也长不到俺的大。”另一个孩子答。

枝头的花已谢，孩子心头的花开了吧。他们打着灯笼走过长街，并非为死者。

“那么，无处归落的亡魂又当怎样？”

并非问谁；然而只有一个人的时候，每每问得愈多。

让他们——亡魂——夜游在沙漠上，山谷里，旷野上，荒冢间，磷火照亮来去无踪的路。

踏着冬风吹过的路；路上颤颤地晃着孩子们红的灯笼。

“小沂子，瞧谁跑得快！”

谁跑得快呢，都那么一朵花儿似的年纪，有着满心的幸福和辽阔的前途。孩子们一阵风跑去，带去了快乐，落下一阵足音，还落下空荡荡一街的凄惶和寂寞。

街是荒凉的，也是热闹的——念忏经，烧渡船，河里的水上还放下引向天堂之路的灯，说是为了超度抗敌战死的亡魂。这是说，他们的死还不够责罚，生前的罪孽太深重了，只有将军和慈善家是干净的。

走过长街，默然听着自己的脚声。孩子的红灯不知几时已经消失，只留得银的琵琶还在树梢弹奏。谁家的寡妇呢，她是如此的年轻，——低声吟哦，一阕塞外人家的秋风曲，却没有人知道她是唱歌或是低咽。